夏商小说系列

夏商

# 孟加拉虎

华东师范大学出版社

# 序

出版文集至少有三个作用，一个是归纳较为满意的作品，一个是带有定稿本性质，再一个就是作家的虚荣心。

在严肃文学式微的时代，写作作为一种多余的才华，连同被虚掷的光阴，是无中生有的幻象。有时候，我甚至不认为写小说是一种才华，至多是无用的才华。虚荣心是支撑作家信念最重要的一根拐杖，而这种虚荣心，其实也是自我蒙蔽，写作只是著书者的自欺欺人，它是件私密事，和所有人无关，小说首先是小说家的，其次才是读者的，小说里的故事和现实中的故事最终皆会烟消云散，小说家虚荣的逻辑在于，假装写作是有意义的。

上世纪八十年代末初学写作，转眼三十年，用坊间谐谑的话讲，小鲜肉变成了油腻男。过完半生太快了，再过三十年，说不定就过完了一生。写作这件事，是我延续最久的行为，即便有创作停滞的阶段，对文学还是初恋般凝望，怕与之隔膜太久，断了音讯。

即便如此，写出满意的小说更多时候是一厢情愿，无论满不满意，文字终究慢慢攒起，发表、出版、修订乃至推倒重写，宛如跟自己的长跑，一直掉队，一直掉队，最后败给自己。

小说出版后的命运和作者基本无关，仿佛风筝飘远，作者手里没有线辘——书籍永远在寻找读者，而作家只有一张书桌。

2009年，由上海锦绣文章出版社出版了第一套文集"夏商自选集"，四卷本，作为不惑之年的礼物。

这次由华东师范大学出版社刊行的是第二套文集，在此之前，在该社先后出版过讲谈集《回到废话现场》和修订版《东岸纪事》，彼此建立了信任和友谊，尤其是王焰社长对拙著《东岸纪事》不遗余力的推荐，让这部小说获得了更多知音，始终铭记在心。

之所以用"夏商小说系列"，依然没有用"夏商文集"，理由很简单，希望在更老一些，完全写不动时再冠以这个更具仪式感的名称。

"夏商小说系列"包含长篇小说四种五卷，中篇小说集及短篇小说集各两卷，共八种九卷。比2009年版容量大一些，年纪也增了近十岁，大致是送给知天命之年的礼物了。

借此机会，对作品进行了全面修订，写作之余也喜涂鸦，用毛笔字题签了封面书名。装帧是请留学海外读设计的夏周做的，是我喜欢的极简风格。

再次感谢华东师范大学出版社，感谢这套书的策划编辑王焰社长，感谢责任编辑朱妙津女士。编辑隐身于幕后，作者闪耀于前台，美德总是低调的，而虚荣心总是趾高气昂。

2018年1月18日于苏州河畔寓中

# 目录

金

鱼

一把钥匙从牛皮纸信封里掉出来，我已多年未有过私人信件。要知道当下电子邮件都快淘汰了，年轻人用一种叫陌陌的手机软件跟陌生人搭讪，更多的人用另一种叫微信的手机软件进行人际联络，哪里还需要信件这种古典主义的沟通工具。当然，也不能一概而论，总有一些老派人，喜欢一些不合时宜的旧物，要不然像昆曲评弹皮影这种老掉牙的东西早就灭绝了，当然，昆曲评弹皮影最终还是会灭绝的，就像世界上每天都有神秘的方言消失譬如女书，或者最后一只濒危动物死亡譬如袋狼，这是没办法的事。

再过几天就 53 岁了——因为女儿的预产期也在这几天，凑巧的话，说不定外孙（也可能是外孙女）会和我同一天生日——市电视台去年公布的数据是，本城男性平均死期是 76 岁，按这个寿限，再过 23 年，我就要死了。

当然，也可能活得久一些，活到 86 岁甚至 96 岁，直到同时代的那些人——朋友和夙敌——都死了，我依然像一个妖怪一样胆怯死亡。

表面看，我开始享受平静的幸福，外孙或外孙女已经长大，如果运气好，玄孙或玄孙女也在某个春天呱呱落地。也就是说，从我这代算起，四世同堂了。我甚至有可能活到一百岁，小辈们聚在一起为我祝寿。在全家福照片中，我居中正襟危坐，像一个装腔作势的国王。

天伦之乐是短暂的，小辈不可能一直陪伴我左右，更多时候，他们如同幻影并不真实。

到那时，我或许已看不清镜中的面孔，我的回忆在玻璃内嘎嘣发脆，似乎要把镜面撕开。我可以毫不虚伪地告诉你们，老而不死是一件多么可耻的事，在梦中死去是我最大的奢望。可惜每次我都准时醒来，年纪越大生物钟走得越精确，这说明身体完全被时间征服了。

当然，53岁还不算足够老，总把死挂嘴里有点矫情，如果有雄心壮志，还能干一番事业。我们乐团一名退休萨克斯演奏员，差不多就在这个年纪，退休转行，从房产中介做起，奋斗多年，成了开发房地产的亿万富翁。不过他薄福，和发妻打了两年多离婚官司，刚准备迎娶年轻的新娘，视察工地摔了一跤，颈椎以下再无知觉，64岁死于一块掐住咽喉的痰。

所以说，人生太消极是无病呻吟，太积极也未必赢到最后，还是随遇而安吧。我对现状基本满意，身体不好也不坏，不好是跟年轻时比，每个部位都开始生锈，上个月有颗牙松动了，这个月走楼梯膝盖疼，下个月鬼知道哪里又出了问题，这些现象都是突然发生的，没什么前兆，就是提醒你机器用旧了而已。不坏则是跟那些恶疾患者比，尚无器质性大病，身体修修补补还能勉强运行。尽管如此，我还是越来越讨厌自己的躯壳，年轻时打篮球，我是最挺拔的一个，肱二头肌发达，屁股紧得抓不住，那时中国大陆没男模，否则也能走上几圈 T 台，而今，眼袋有半枚镍币大，谢顶摸上去光滑得仿佛从未有过发囊，腆起的肚子和下垂的屁股类似孕妇，浑身像穿了肥肉做的衣服，脱都脱不下来。

今天是星期四，不用去单位，乐团收入不高，最大福利是除了演出季彩排外，一周只须去一两次。我是拉手风琴的，音乐学院毕业后一直在乐团当演奏员，我有一项绝活，后背拉琴，当然随着年龄增大，骨骼和韧带已不允许反手演奏了。不过不要紧，我还有一个难度稍弱的绝活，用风箱抖出复杂的颤音，可以模拟出火车的节奏，或马蹄的踏踏声。

吃过早饭，给阳台上的盆栽喷了点水，准备到花鸟市场买红虫和水蚯蚓，自从七年前爱犬半两死后——我喜欢喝点白酒，常用筷尖蘸一点喂它，后来上瘾了，能喝半两，它本来叫小黑，成为酒鬼狗后，给它改了名——我再没养过宠物，倒是前两年定制了一只鱼缸，养了二十多尾金鱼。

金鱼不能算宠物，宠物有体温，和主人有交情，金鱼只能算观赏物，和阳台上的盆栽差不多，再精心养护，也不会得到互动，从这个角度说，人类养宠物的初衷就很自私，首先想到的是自己能得到什么。和很多饲养猫狗者自诩有爱心不同——喜欢宠物就是有爱心？典型的自我感动症状——我不否认和半两相处久了，会产生类似家人的感情，可我不会把宠物叫作猫女儿狗儿子。如果我是半两，甚至会恨主人，闲时逗它玩一玩，忙时可能连遛一圈都偷懒。有时去邻省演出，只能寄养在邻居家，邻居若没空，只能在房间里孤独地等主人回来，如果我是半两，不会觉得日子有什么奔头，早得忧郁症跳楼自杀了。

我住在一栋六层工房的顶楼，父亲生前增配的一室半，母亲跟我大姐住，我一周去看她一两次，买些她喜欢吃的肉松和蜜枣，有时也买些她最爱的腌鱼，大姐说腌鱼不是健康食品，我说老娘都八十多岁了，还能嚼得动腌鱼，就是有福之人，你管它健不健康，喜欢吃就让她吃，还能吃几个年头？

自从女儿初二那年和她母亲离了婚，我就一直单身。当然，也谈过女朋友，有一次还差点结婚了，对方是音乐厅的一个钢琴调音师，也是离异带个女儿，说不上漂亮，笑起来很动人，属于不惊艳很耐看的那种，交往了一年多，每次见到她女儿，总被怨毒的眼神瞥着，好像我是她父母的第三者，把她家庭拆散了似的。当然我女儿也好不到哪里去，对调音师爱理不理，调音师也被弄得灰头土脸。但这不是问题，男女在感情问题上就是人来疯，家人越反对越拧着来，我们开始谈婚论嫁，调音师希望再生个孩子，理由是感情没纽带婚姻会有问题，我暗忖我们都有女儿，不也离婚了，可见孩子这个纽带并不可靠。嘴里没当场拒绝，心里说再生一个，加上那两个丫头，三个孩子是不同的同父异母和同母异父，我能力有限，处理不了这种复杂的关系，就打了退堂鼓，找她深谈一次，说出了自己的担忧，她似乎也被吓住了，我们心照不宣不再提结婚的事，慢慢从恋人变成了情人，这句话有点拗口，其实不难理解，恋人以结婚为目的，情人就不一定了，有些女性不喜欢情人这个词，觉得是性伙伴的代名词，我承认这种理解也不算错，我和调音师又相处了一段时间，她对我越来越不满，我知道结局肯定如此，虽然都有生理需求，可女方总觉吃了亏，然后有一天，她恶语相向骂我是臭流氓，再然后有一天，她扑上来扇了我一记耳光，一切就结束了。

所以离异者的爱情往往没什么美感，双方各怀鬼胎，最后是索然寡味的收场。

花鸟市场在城南的一座老庙边上，给盆栽浇完水就出了门，刚下到五楼又转身上楼，健忘症提醒我可能忘了关门，当然跟无数次多余的重返一样，门关得好好的。事实上我每次都关门，家里也未失窃过，可不妨碍每每返回检查，自我怀疑也是走向衰老的特征。

在四楼撞上老王家的儿子，搂着一个姑娘正在开门，她侧面有点像影星陈冲，显然不是我上次看到的左腮有红痣的那个。二楼李阿姨家的二哈在楼梯转弯处趴着，眼眶里一半是眼屎一半是孤独。信箱在一楼北墙，东一个西一个，是住户自行钉上的，我那只涂了绿漆的铁皮箱已脱皮斑驳，因为平时不太留意信箱，等走出大楼门洞，才被眼角的余光提醒，发现信箱内斜插着一只牛皮纸信封。

即便如此，我并未认为那是一封信，以为是一家音乐杂志社例行寄来的赠刊（也用牛皮纸信封）。

信封上写着寄自日本，没有城市名和路名门牌，我猜到可能是谁，我在千万里外的欧美有一些朋友，唯独在并不算远的日本没有朋友。这样表述或许并不精确，还是认识一个人的，或许就是此信主人，可她怎么会有我的住址，时间过去了24年，她怎么会给我写信。不知为什么，我有种不好的感觉，邮戳注明一周前寄出，撕开信，抽出一份铜版纸封皮的文件，以及一张便笺，迫不及待展开便笺，甚至没去捡一把掉出来的钥匙。

笔迹娟秀纤细，显然出自女性之手：

宋方文你好，一别一生，你读到这封信的时候，我已不在人世。人生苦短，没想到这么短。去年罹患重疾，四处问医，最后被告来日无多。确诊后回过一次国，在河岸金融大厦保险库寄存了一件东西，是整理旧物时发现的，以为早就遗失了，原来一直把它带在身边，之所以把它寄给你，是因为它也属于你。诸葛蒙瑜2016年深秋于横滨

铜版纸封皮内是一份诸葛蒙瑜跟保险库签署的租赁协议，主体是印刷的例行公文，少量填空部分是手写，租期一

年，若逾期无人认领，保险库可以在指定律师的监督下销毁。在附录的一项约定里，注明了唯一取件人为宋方文，而非诸葛蒙瑜。显然诸葛蒙瑜在寄存之际，就放弃了保管物的主权，如果因邮址错误或邮差疏忽，我没收到这份经过授权的协议，那么留给我的那件东西可能就永远从世界上消失了。

从道理上讲，世界上湮没的真相远比留存下来的多，有些是被动消失的，有些是主动把秘密带进坟墓的，即便留存下来的，又有几件是纯度很高的真相呢。与其说人类在追逐真相，毋宁说是在追逐好奇心。我俯身去捡钥匙，它比普通钥匙粗壮，也更复杂一些，它无中生有，即将打开一个悬念。

从楼名可以看出，河岸金融大厦位于河畔，上楼去取了身份证——这是租赁协议中备注的取件必要证件，我得证明自己是宋方文——诸葛蒙瑜寄存在保险库里的是什么呢，破解这个谜底比买鱼食紧迫得多。

坐上通往护城河方向的 9 路公交车，半小时后，来到玻璃幕墙的水泥森林之中，市电视台把该区域作为本地新闻的片头背景，广大市民也认为此乃城市的面子，可我觉得巍峨如云的大厦除了造成人与城市更深层次的隔膜之外，和自己的日常并无关系，和绝大多数人的日常也并无关系。

这是一栋哥特式风格的高楼，外墙是花岗岩的，粗看老建筑，实则假古董，旋转门两侧是不伦不类的中国石狮，而不是欧式铜狮，挑空门廊上的阿波罗材质是石膏而不是石头，更印证了此楼的赝品属性。

进电梯时，我想起大堂里那个四肢特别长的保安是初中同学螳螂，他可能已认不出我，我则在短暂的迟疑后记起了他，电梯上升时我努力想他的学名，我没准备待会儿离开时跟他打招呼，试图记起他学名无非是想测试自己的记忆力。遗憾的是，到了位于17楼的保险库公司，还是没想起来。

前台小姐听了来意，带我去小会客室坐下。片刻，进来一位年轻女性，自称姓王，是客户经理。她看起来二十五岁，实际可能已三十出头，都市女性精于保养，精致妆容掩盖了她们的真实年龄，可眼神会出卖她们，人的年龄在瞳孔深处，藏得再深也会败露，如同衬衫后领的商标，总会从布料里透出来。

出示租赁协议后，王经理朝我打量一眼，这个单子是我接的，原来您就是宋方文呀。

什么时候的事？其实这是明知故问，租赁协议上写着诸葛蒙瑜九个月前签的约。

去年秋天，王经理把租赁协议翻到尾页，是10月17日。

那有九个月了。

快九个月了，我还记得那个老太太，坐在轮椅上，律师推着来的。

老太太？她不过五十岁。我错愕道。

才五十岁？头发全白了，人很瘦，特别显老。

她年轻时是个大美女。

看不出美女，说话细声细气，说是得了重病，从日本飞来看中医。

她年轻时真的很漂亮。

你们多久没见了？

很多很多年了。

她是个有心人，特地去找过你。

找过我？好像没有吧。

我当时问她，既然宋方文是唯一取件人，为什么不叫他一起来。她说不想让你知道她回国，她回日本后就不再回来了，她委托律师去核实了你的住址，会把租赁协议寄给你。

原来是这样找过我。

对了您身份证带了么？

带了。我把身份证递给王经理，她接过去，审视我的肖像，警察比照嫌犯大概也是这个样子。

稍等一下。她离开小接待室，走入办公区域，回来时手里多了把钥匙，和牛皮纸信封里掉出来的那把一模一样，跟我来吧。

电梯把我们送到负三楼，王经理说负一负二是停车场，从保险库的深度可见其安全性，出了电梯，走来一个穿褐色西服的男子，朝我们点点头，应该是王经理通知他过来的，我跟着他俩，绕了两堵水泥墙，眼前出现一扇大铁门，穿褐色西服的男子按下门侧的密码，缓缓移开的圆形铁门有半米厚，看着我惊讶的神情，他轻描淡写道，这个保险库等级还不算高，坦克撞不开而已，更高等级的保险库是核武器也炸不开的。

保险库里除了一排排不锈钢高柜别无他物，一股混合着水门汀气息的生铁味扑面而来，我心里一凛，以为误入了殡仪馆的骨灰存放处，区别之处在于每扇小门上没有逝者的遗像。那些保险小门内匿藏了多少财富，又匿藏了多少永不示人的秘密，我想每个人处于这个场景，都会产生拉开每一扇小门的冲动，即便他们不是窃贼。

王经理熟门熟路，把我带到189编号的保险箱前，这是最小的箱型，每个箱子有两个锁孔，我把钥匙插入锁孔，王经理把她那把也插入，门开了，内里是一只有点鼓的文件袋，我把它取出夹在腋下，跟两位工作人员握手告别，他们要关闭圆形铁门，我先离开，去坐电梯。

手感告诉我，文件袋里可能是一本比较厚的书，但感觉又比书轻，我急于想知道谜底，把文件袋的锁线从纸扣上解开，取出的却是一盒录像带。

回到大厅的时候，螳螂朝我走过来，显然他刚才是看到我的，他笑出一口焦黄的烟牙，老同学，好多年没见，听说成著名演奏家了。

哪里是什么演奏家，演奏员而已。

你谦虚了，我们有三十多年没见了吧。

该有快四十年了，你居然还能认出我。

我还记得你绰号叫小怪。

哦，我已经忘记这个绰号了，不过我记得你叫唐忠杰。我脑海里忽然跳出他的学名。

他对我的记忆力非常吃惊，焦黄的烟牙咧得更醒目了。我一边寒暄一边往外走，心思全在那盘录像带上。唐忠杰看出我在敷衍，显得有点失落，不过还是夸了我一句，老同学，你记性真好，还能记得我名字，怪不得能记住那么多谱子当演奏家。

我转身朝他挥挥手，我们上次见面还是少年，按本城男性的平均寿命，照这个频次，我们有限的余生或许就不会再有见面的机会了，这个闪念让我猛然伤感，我后退几步，去和他握手，在他胳膊上拍了拍，这个表示亲密的动作让他大为感动，他眼眶都快红了。

再见老同学。那一瞬间，我又把他学名忘了。

转身离开，眉头锁着一个疑问，录像带里究竟是什么，千万不要是一脸病容的临终告别，那样的话我宁可不看，转而一想，她那么爱美，怎会将最不堪的仪容留给曾经的恋人。我将塞回文件袋里的录像带又抽出来，忽然意识到一个问题，我没录像机了。

我本来有一台录像机，多年前买了 VCD 机就闲置了，因为功能皆好，一直没舍得扔，就在上星期的一个傍晚，我下楼倒垃圾，小区里响起蹩脚扬声器的循环播放：回收空调电视机电冰箱洗衣机回收空调电视机电冰箱洗衣机……

骑过一个回收电器的小贩，我叫住他，录像机回收么？

他带一只草帽，捏着自行车刹车，一只脚抵住地面，扭头道，录像机不收，白送我都不要。

我有点生气，朝他瞪一眼，为什么白送给你，扔了都不送给你。

他倒笑了，这位大哥，不是我不收，是收了也没人要，小本生意赔不起啊。

我的倔脾气上来了，那你等着，我这就拿来送给你，我就不信送给你都不要。

我快步回家，噔噔噔噔上楼，等取了录像机返回，回收电器的小贩早不在了。我这才确信录像机真的被时代淘汰了，随手把它放在垃圾桶盖上。

放着积灰好些年，快派上用处却扔了，实在是莫大讽刺，人世间，这样的讽刺比比皆是。

从河岸金融大厦出来，去坐 17 路公交车，目的地花鸟市场，须知今天出门的初衷是买鱼食，收到日本来信是临时发生的插曲。生活的蹊跷在于，眼下这盘录像带的重要性远远超过了鱼食，可我再急迫地想看录像带，也不能把金鱼饿死，我已经饿死过一批金鱼了，那是一次邻省演出，说好两天往返的，为了等一个高级别领导，乐队多待了四个晚上，等回到家，鱼缸里浑浊一片，金鱼们肚皮朝天，不知是脏死还是饿死的。

在那批死去的金鱼中，最让我心疼的是一对红水泡帽子，品种说不上多珍贵，品相真是好，微颤的两只透明大泡挂在鱼头两侧，让人担心泡膜破裂，晶莹的果冻体流出眼珠，掉到粉嫩的肉瘤上。

有老法师劝我这种新玩家不该养品相这么好的金鱼，万一有个闪失，简直暴殄天物，我很不高兴，难道好金鱼就该你们这些所谓的行家养，刚入门的只能养歪瓜裂枣？结果一语成谶，一缸金鱼全死了。

虽说金鱼是冷血动物，不具备猫狗那样的亲密感，可看着婀娜多姿的它们失去光泽，成为水面的枯枝败叶，还是会有自责和挫败感。所以再度购入一批金鱼时，将等级降低了一些，不仅仅是为了省钱，潜意识里我担忧会再度失去它们，没错是再度，和已死去的上一批并无二致，或许这样说对金鱼有些残忍，但它们的个体不具识别性也是不辩的事实，我疑惑的一点是，金鱼在生物学上竟然就是鲫鱼，鲫鱼熬汤很鲜美是事实，黑不溜丢其貌不扬也是事实，金鱼光品种就分草龙文蛋四种，鳞片更是五彩缤纷，怎么会跟鲫鱼是同一种鱼呢，我去买了金鱼知识手册，第一章就解释了鳞片颜色的原理。

金鱼之所以有大红金黄霞紫湖蓝花斑乃至透明那么多色彩变化，不是在驯化过程中额外产生的，而是其基因中与生俱来的，只不过因为人类视力的局限，看不见隐藏在黑色鳞片内的其他颜色，通过显微镜观察，鲫鱼的色素细胞在转化为金鱼的过程中，进行了重新分布，随着密度的变化，色彩分离了出来，这样一诠释就很好理解，黑是万色之母，能演化出无数色彩，而无数色彩相加，又变成了黑。金鱼和鲫鱼的幼体都是灰黑色，经过一段时间发育，金鱼的一部分色素细胞消失，另一部分色素细胞增强，变得鲜艳多彩，鲫鱼的色素则恒定不变，小时候是丑小鸭，长大也没变成白天鹅。

除了颜色，金鱼体型的变化也有类似色素细胞的规律，驯化后的金鱼比鲫鱼个头小很多，头身比例却是一致的，仅是骨骼的同比例缩小而已。金鱼的变化都能从基因突变中找到来由，即所谓，纵然你穿着各种各样的花衣裳，我还是能用细胞学打出你的原形。就像魔术不能揭秘，一经科普，神秘感就阙如了。

买完鱼食，没立刻回家，换乘 26 号公交车去了旧货市场，我想去碰碰运气，能否觅到一台旧录像机。

很遗憾，逛了一圈，偌大的旧货市场没有一台录像机，只能失望而归。经过居委会时，想到他们之前在小区空地播放过爱国主义宣传片，与电视机配套的是录像机，就敲了门进去问，开门的是住在我们楼的李阿姨，就是那只孤独二哈的主人。听我说明来意，她说巧了，居委会本来有一台录像机，用久了经常卡，后来片子大多用 VCD 机了，但一些老宣传片是录像带，还得用到录像机，想买新的却没处买，结果居委会王大妈上周在垃圾桶捡到一台录像机，虽然也是旧的，比原来那台倒要好。

我知道他们捡到的正是我扔掉的那台，为免除尴尬和多余的解释，我没提自己是录像机的主人，临时撒了个谎，说要看一个老版的手风琴录像，能否借用一下。李阿姨说，借一下没问题，但这台录像机虽是捡到的，进了居委会就成了公物，陈主任出去办事了，等她回来我打个招呼，回头给你送家去。

谢了李阿姨，我先回家，李阿姨家的二哈还在楼梯转弯处趴着，王家的儿子开门出来，搂着那个侧面有点像影星陈冲的姑娘从我身边走过去。

进了屋，把录像带放在桌上，给金鱼投了食，平静的鱼缸顿时被激活，所有金鱼往水面冲，这个画面让我联想到鱼是怎么上钩的，如果这不是鱼缸，而是湖泊江河，贪嘴的鱼看到鱼饵下沉，从水底游上来咬住鱼饵，同时也咬住了鱼钩，就被垂钓者拎出了水面。

抢食的金鱼们挤在一起花团锦簇，鱼缸里有 22 条金鱼，草种龙种文种蛋种都有，有红色的草金鱼，有蓝色的喜鹊花龙睛，有黑色的墨狮头，有银色的银虎头，有五花的绒球和翻鳃，我还放进过一尾真正的鲫鱼，原生态的那种，菜市场买的，虽是鱼摊上最小的一尾，但和金鱼们比起来，是当之无愧的巨无霸，抢食时金鱼根本不是它对手，每次喂饵我先捞它出来单独喂，即便如此，它的存在仍让金鱼们噤若寒蝉，它一游动，金鱼就躲到犄角，到了第三天，我发现少了一条玉顶紫罗袍，鱼缸里只有这么一条紫色的金鱼，我又仔细清点一遍，玉顶紫罗袍真的没了，又在鱼缸外找，听老法师讲金鱼偶有跳缸的现象，结果鱼缸外也没有。我盯着那条鲫鱼看了很久，我之所以把它投进鱼缸，是出于玩心，跟把不同品种的金鱼放在一起的想法如出一辙，我在想它们互相杂交会不会繁育出新品，我更希望金鱼能和鲫鱼交配，理论上这完全是可行的，金鱼的前生和今世交配，后代会是什么样子呢，这是我特别好奇的，然而好奇心不但会杀死猫，还会杀死金鱼。十分钟后，鲫鱼被剖腹了，从它肚皮内我找到了那条尚未完全被消化的金鱼，鱼皮残存着紫色，细鱼骨跟腐烂的身体搅成一团，为了替玉顶紫罗袍报仇，鲫鱼被熬成了一碗汤，我将洗净擦干的鲫鱼放在油锅中煎得两面焦黄，扔入半块豆腐用大火煮开，喝着像牛奶一样浓白的鲫鱼汤，我在想，鲫鱼岂止是丑，而且是蠢，对美丽的金鱼居然不知怜香惜玉，竟然吞食同类，只配作为食材做熟了下酒。

抢食的金鱼花团锦簇，有人说它们的记忆只有七秒，如果这个说法属实，是不是鲫鱼的记忆也只有七秒。鲫鱼和金鱼真是同一种鱼么，自从玉顶紫罗袍被鲫鱼吞食，我对此产生了怀疑，即便它们在生物学上是同目同科，在人工选育的过程中，也与本质渐行渐远，史前的第一条野生鲫鱼，也是七秒钟记忆？那条吃掉金鱼的鲫鱼，肯定忘记了它们是同类，有着同样黑灰色的幼体。

一条红高头球翻鳃朝我游过来，金鱼的眼珠是死的，奇怪的是，从任何角度看，却又在凝视我，要把我吸入呆滞的虹膜里。

黄昏时分，李阿姨把录像机送来了，她说陈主任只同意借一晚，明天下午有党员活动，要播放一部红色老电影。

那个电影太老了，没 VCD，只有录像带，明天午饭前千万记得还回来。李阿姨叮嘱道。

我本想说，你们要是没捡到这台录像机怎么办。话到嘴边咽下去了。

向李阿姨道了谢，回到内室。

现在，这台录像机又重新回到我的房间，看起来物归原主，其实主权已不属于我——居委会在机身粘了印有"爱惜公物　从我做起"的小贴纸——我只拥有它一晚，这很像笑话，我们的人生正是由这种笑话叠加而成。

把录像机和电视机连接起来，调试了半个多小时，录像带一推入卡座就吐出来。我担心今天会看不成，诸葛蒙瑜或许真的不在人世了，这盘录像带记录了什么内容，我不喜欢猜谜，想直接看到谜底。

录像带终于推进去了，却读不出来，电视机满屏雪花。忙乱中，我瞥见手背开始起皱，以为是眼花，凑近了看，皮肤上布满了黄褐色的老人斑。我吃了一惊，撩起手臂，肌肉也在萎缩，旁边有面大橱镜，正好映照出鱼缸，游动的金鱼中间，出现了一个老得不能再老的老头，足有一百岁。他也望着我，张开的嘴巴黑黢黢的，只剩下三颗牙齿，上牙床两颗，下牙床一颗。

我一屁股坐到地上，连滚带爬缩到床边，一秒钟衰老了半个世纪，那盒录像带难道是潘多拉的盒子带着诅咒。

　　屏幕一跳，满屏雪花变成了嘶嘶哑哑的彩线，这是读片的前奏，然后一个上身裸露的姑娘出现在画面里，虽然画质粗粝，仍能辨识出她紧凑的皮肤，一个年轻男人的背脊对着镜头，他们在一张床上，她吻他，年轻男人始终没发现正在记录的机器。他听到一声叹息，是潮湿的舌尖和轻轻的齿啮。他翻身而起，她的指甲划到他腋下。她吻他，咬他耳垂，微烫的鼻息钻进他耳中。他手臂交错搂住她背脊，她的头发遮住了他眼睛。她说，我动不了了，让我呼吸吧。画质在此处模糊了三四秒，然后镜头记录了他的侧面，他松开她，手移到她下体，手指勾起她内裤的一部分。她摆脱了他，跳下床。空镜头有点晃荡，画外音传来鞋子的声音，大概一分钟，她重新回到画面，是一个背部特写。她抬起手臂，指尖在他脸上停了一秒。他抱住她，镜头里是浅灰色的寂静。她钻进被子，两个人不见了，好像在被子里溺水挣扎。被子被踢开了，他们的身体在床上开放。这个镜头持续了很久，他们四目相对，像看陌生人，她鼓翘的乳房从他掌心中跳出来，随着身体的起伏而起伏，情欲的力量收敛在肌肤内，粗糙的画质依然能看见细汗在渗出毛孔。

　　她把脑袋垂在他肩膀上，长发全部遮住了脸，对不起，再给我一些时间。

　　可我们在一起都两个多月了。

我会跟他摊牌，让他尽快搬走。

他下了床，镜头里她的长发遮住了面孔，她垂着头，直到咔嚓一下，录像机发出跳闸声，电视屏幕重新舞起雪花，我朝大橱镜望去，一尾金鱼在撞击我苍老的面容，正是那尾玉顶紫罗袍，它吐出水泡，使往事沉渣泛起。事实上，画面刚出现一秒，我就认出了那是我曾经的宿舍，也认出了她，二十四岁的诸葛蒙瑜，我曾经的恋人。

我们相处了四个月零七天，严格说，她只是我半个恋人，在我们认识之前，她有一个男朋友，是她的大学新闻系同学，他追了她三年多，大四下半学期才确定了关系。每次我们约会完，我送她回那条水杉夹道的老弄堂——她很小父母离异，和外婆挤在北城的老屋里，外婆死后，就一个人住在那儿——每次只送到弄堂口，从没进过那个房间，因为她和那个男朋友住在一起。从表面看起来，我是介入者，也就是通常所说的第三者，她的那个男朋友是无辜的，当然实际情况也确实是如此，诸葛蒙瑜在遇到我之后变心了，可另一方面，这样的表述又过于简单化，诸葛蒙瑜不止一次对我说，她从来没有真正爱过他，之所以接受他，是因为他对她很好，是死缠烂打后的一种妥协。她承认自己犯了错，不该接受这份不是出于爱的感情，更不应该让他住在家里。他是外地生，毕业后在总工会一家报社当记者，又要在外吃饭又要租房子，存不下什么钱。她想既然在一起了，自己的窝虽小，就搬过来吧，一来可以减轻他经济负担，二来可以在磨合中增进感情。显然，她是个单纯的姑娘。很快她发现，同居不是甜蜜的开始，他依然对她很好，她却越来越不能容忍他的邋遢和吝啬。同居对她来说，唯一的收获就是确认自己真的不爱对方。

我是在一次大学同学聚会上邂逅诸葛蒙瑜的，她是民乐系陈惠芳的表妹，带来一起玩的。音乐学院的同学聚会，肯定是一场小型音乐会，我的节目自然是拉手风琴。我拉琴的时候，她呆呆看着我，当我们后来成为了恋人，她告诉我，那天我拉的俄罗斯名曲《再见了朋友》很忧伤，我拉琴的样子也很忧伤，她一下子就被打动了。我告诉她，她进来的时候，我就知道一直想找的姑娘终于出现了。所以说，我们是一见钟情，我问她要电话，她脸红了一下就给我了。那时候，手机还没普及，她给的是单位电话，她在一家大型百货商店宣传科工作，过了两天，我打电话约她周末见面，她同意了。我们去护城河边的一家小饭店吃饭，需要指出的是，她很坦诚，当我告诉她，她是我喜欢的类型时，她说她已经有男朋友了。我愣了一下，半真半假道，那我也可以追你啊。她苦笑笑，没说话。

她有男朋友的事实，没让我打退堂鼓。我约她下个周末去看电影。她迟疑了一下，不要了吧。我坚持了一下，去看吧。她就同意了。

我第一次吻她就在她家弄堂口的雨棚下，蜻蜓点水的一吻，她害羞低头，快步走入两排水杉之间。看着她的背影，我心如刀割，我把她送回来，等于是把她送到另一个男人床上，我被这个念头折磨得几乎发疯。完全意识不到我是一个破坏者，是我在试图把人家的女朋友据为己有。

在乐团借给单身职工的宿舍里，我们做爱了，我说你和他分手吧。我觉得自己有资格提这个要求了，她点头嗯了一声。

前面我说过，她很坦诚，第一次约会就告诉我有男朋友了。可这与其说是坦诚，不如说是一种自我保护。她从未跟表姐陈惠芳提起我们在一起了，她和那个男朋友的关系在亲友间是公开的，所以我事实上一直处于地下恋人的位置。当然，在那个男朋友面前她也完全隐瞒了外遇，虽然在情感上她选择了我，但在面对旧爱时，她根本开不了口。因为他虽然有一些坏习惯，对她还是很好的，谁没一点坏习惯呢，她不敢面对摊牌后他痛苦的表情，每次话到嘴边，就咽下去了。

有一天她对我说，你怎么不早点出现呢，为什么出现得那么晚。

好像是我造成了她的优柔寡断，当然，她对我是愧疚的，她赌誓说，你别多想了，我不会让他碰我的，他老实，我不同意他不敢的。

成为我女朋友之后，除了她在生理期，每次见面我们都会做爱，她的皮肤像光滑的缎子，曲线好看极了，说实在的，因为她另一个男朋友的存在，我充满了嫉妒，每次和她做爱都像在报仇，我在她手臂上乳房上屁股上啃咬，一半是激情一半是憎恨，有几次我把她咬疼了，她啊呀一声，眼里泛着泪花却不责怪我。我知道她是猜到我心思的，所以她有些忍受，可能也怀着赎罪的心态。她有时也咬我，用牙齿轻轻磕，从没咬疼过我。

有一天，她来宿舍找我，从包里拿出一只摄像机，一边让我去拿手风琴，一边说，这是我们单位新买的摄像机，日本最新款，我给你拍几段，以后你不要我了，我也好看看录像。

瞎说什么呢，我怎么会不要你。

拉最拿手的，先来一首《土耳其进行曲》，再来首《野蜂飞舞》。

我去拿手风琴，回头问她，你们一个百货商店买摄像机干什么。

我们可不是一般的百货商店，老字号，常有外国贵宾来，要拍下来当资料的。

公物拿出来私用，扣你奖金。

没事的，宣传科都是年纪大的，不敢用这种新式武器，怕用坏了，我这个小干事最年轻，一看说明书就会了，就归我用了。

她把窗帘拉开，让自然光泄进来，我开始拉《野蜂飞舞》，是用绝活反手拉的，她拍得很认真，拍完一曲说，录像带是我自己买的，就是机器假公济私用一下。

她抱住我头颈，问我，你相信有爱情么？

我说，还是相信的吧。

她说，可过去是包办婚姻，男女因为爱情主动在一起，是近一百年才有的事。

我说，古代有梁山伯与祝英台，那是爱情啊。

她说，就算梁山伯与祝英台是爱情，也是悲剧，都变成蝴蝶了。

我说，那还有张生和崔莺莺，有情人终成眷属。

她说，我真的很爱你，你会不要我么？

我说，瞎说什么呢，我怎么会不要你。

我把她抱得很紧，这是做爱的序曲，我无法确认这盒录像带是那天拍的，还是此后的某一天，如果是那天拍的，我也无法确认是她忘记了关机，还是故意把镜头对准了床。她带摄像机到我宿舍来，记忆中就那么一次，如果是那天所拍，应该前面有我拉手风琴的内容，当然，也不排除她后来把做爱的画面单独拷贝了。

有一天看完电影，我没有送她回家，此后也没有。我实在无法忍受把她送到另一个男人身边。和之前一样，她向我表示歉意，希望我再给她一些时间，她对天赌誓自从和我在一起后再没让他碰过她。可他们睡在一张床上，即便如她所说没有性爱，我还是无法忍受，我对她说，如果你开不了口，我去找他摊牌。她惊恐地看着我，对我说，如果我去找他，她就两个都不要了。我冲她发了火，质问她为什么四个月零七天了还不能跟他结束。她哭了，说她知道我很在意，所以把零七天也记得那么清楚。她哭着说，都是我不好，我每天都想说，可就是开不了口，我的性格太懦弱了。

她哭着跑远了，我没有去追，我们短暂的恋情就这样结束了。自始至终，我只是她半个男朋友，从此我们再没有联系过。

大概过了一年多，从陈惠芳那里得知她辞职去了日本，和她分手之后，我又谈过两个女朋友，后来娶妻生女，再后来离异单身，转眼过完了半生。

时隔这么多年，她又回来了。在看录像的时候，她一直陪在我身旁。相隔了如此久远，我们却一点也不陌生。她看着画面中的两个年轻人，像看着自己的孩子。

你看那对恋人，那么年轻。她说。

是啊，那么年轻那么有激情。我说。

你能认出他们么？她说。

是的，我知道他们是谁。我说。

我知道你想说，他们是另外两个人。她说。

是的，他们是另外两个人，和我们无关。我说。

鱼缸投映在大橱镜上，镜子里有很多金鱼，是我饲养的十倍之多，它们向我游来，越游越多，我看不清镜中的面孔，我的回忆在玻璃内嘎嘣发脆，似乎要把镜面撕开。我不知道自己身处53岁，还是一百岁，我回头看她，她还是那么漂亮，我的情人，还是24岁时的模样。她靠着我的肩膀说，这些金鱼真漂亮。

我说，确实很漂亮，不过金鱼挺笨的，记忆只有七秒。

她说，要是人的记忆也只有七秒那该多好啊。

我把头偏开，眼泪流了下来。她从我眼中消失了，我知道，她永不再来。

写于 2018 年 1 月 6 日

雪

过了桥，从"绿化山"右绕二百米，菜市场隐匿在一摞破败老宅里，保存室内温度的塑料垂帘如同一条条冰挂，本是透明的，被摸得很脏，能粘住蔬菜的草腥和鱼虾的臭腥，丁德耀每次撩都皱眉，他讨厌缩头缩脑的冬天，手势僵硬，常被掀动的垂帘击中脸庞或耳垂。春天来临的时候，垂帘被卸掉，可以长驱直入，他目标明确，直奔常去的那几个菜摊。他喜欢吃鱼虾，讨厌吃羊肉和豆制品，倪爱梅喜欢后两样，所以也得买一点。

　　他们有分工，他买菜，倪爱梅下厨，饭后他洗碗。婚姻就是这样冗长无趣，又无法省略任何步骤，变化在于，偶尔他们会一起逛菜场，结婚七年，还能一起逛菜场，说明是一对恩爱夫妻。至少，还没有完全相厌。

　　为扭转他对羊肉的成见，倪爱梅做过几次鱼羊煲，让他买那种产自远郊的少膻味的山羊肉，用不同的鱼烩制，有时海鲜，有时河鲜，虽颇费苦心，他并不觉得好吃，还得装出很美味，用夸张的口吻说，鱼加羊不就是鲜字么，味道好极了。

　　"味道好极了"是电视里的咖啡广告语，当他洗碗时，倪爱梅守在彩电前，看那些永远也放不完的电视剧。

此刻，丁德耀站在常来的鱼摊前，让小摊主潘冬子称三两虾仁，倪爱梅准备配上臭豆腐加剁椒，做一道新学的菜。设法将丈夫的忌口与自己的喜好融进一只菜盘，是她看电视剧之余的最大爱好。丁德耀有时想，养个孩子费钱又操心，两个人过日子其实也挺好。不过，每当看到这个同学的儿子会打酱油了，那个同事的女儿会唱儿歌了，心就痒痒了。

这个七岁的小男孩潘冬子也让他心痒，他跟母亲一起摆摊，父亲老潘是清洗大楼外墙的蜘蛛人，这个总是抽劣质烟的小个子男人肯定是电影《闪闪的红星》的拥趸，要不然也不会给儿子取这个名字。丁德耀喜欢愣头愣脑的潘冬子，别说，还真酷肖那个小游击队员，圆脸，大眼睛里全是机灵。说话像含糖，看到他就叫丁叔叔好，也会做生意，把鱼虾挑好，倒置马甲袋将水分沥干，再放到台秤上，磅完了往袋里多扔一条小黄鱼，或一只虾，再递给主顾。他妈妈看着儿子完成这一切，眼睛眯起来，慈祥地微抿嘴角。

丁德耀却要去扫她的兴，你应该送潘冬子去读书，这么聪明的孩子不上学，可惜了。

他妈妈不生气，还是微笑："自己孩子自己知道，做别的还可以，读书肯定是聪明面孔笨肚肠，黄鱼卖多了，脑袋也是黄鱼脑袋，卖卖鱼挺好的。"

丁德耀叹口气，知道多说无益，悻悻然走了。

有一次，趁潘冬子母亲不在，他问小男孩，你自己想读书么?

潘冬子说,不想,我爸妈说读书没什么用,又不当饭吃。

丁德耀说,那你不读书,有什么理想?

潘冬子说,有啊,现在每天只能卖几十斤鱼虾,最好每天能卖两百斤,那样我爸就可以不用高空擦玻璃了。

丁德耀道,那长大后呢,长大后的理想是什么?

潘冬子说,长大后每天卖五百斤,讨个老婆生一对双胞胎,老婆孩子热炕头。

丁德耀说,为什么要生双胞胎?

潘冬子说,双胞胎比较好,最好是龙凤胎,一男一女凑个好字。

丁德耀说,你不上学,怎么知道一男一女凑个好字?

潘冬子说,听大人说的。

丁德耀说,不是一男一女凑个好字,是一个女字一个子字凑个好字,你看,上学还是很有用的。

潘冬子说,上学也是老婆孩子热炕头,不上学也是老婆孩子热炕头。

丁德耀无法反驳潘冬子的话,本质上,这个孩子的梦想和他是一样的,跟绝大多数人也是一样的,卖更多的鱼,赚更多的钱,结婚生娃过小日子,他甚至无法否定这样一个事实,即便不读书,潘冬子的理想,或者说他父母赋予他的理想,确实也是可能实现的,即便卖不了五百斤鱼,卖三四百斤还是可能的，甚至于运气好的话，做更大的生意也是可能的。所以，他对潘冬子的规劝并无说服力，他只是觉得有点莫名的惆怅，学龄不去读书，跟着大人摆摊，太可惜了，要是自己儿子，肯定找最好的学校，把他培养进北大清华。

倪爱梅去过妇产科很多次，说是输卵管粘连，也就是说，射程到不了目的地。倪爱梅的问题只是一方面，另一方面，丁德耀也存在精子活性不足。理论上，双方各打五十大板。不过丁母坚持认为，儿子的问题是次要的，倪爱梅更理亏一些。

生儿育女，再天经地义不过，求子不得，已不是夫妻双方的事，而是两个大家庭的事，幸好这对小夫妻是独立居住，住所虽不大，距市中心也偏远，但不跟父母同住的好处还是显而易见的，至少唠叨不会随时响起，倪爱梅庆幸领证前共同按揭买下这套小户型，可以免于和公婆一起住，若不然肯定被婆婆烦死，她的小姐妹丁红和老公离婚的很大因素就是受不了婆婆的碎碎念。

世事就是气人，有些人并不想要孩子，或者说并没有做好当爹妈的准备，偏偏观音娘娘就送子来了。远的不说，丁德耀二舅的儿子小帆，还是大二学生，谈恋爱把同校女同学肚子搞大了，小姑娘私自去流产，病历卡没藏好，被父母发现了，一般情况下，为了女儿名声，会选择哑巴吃黄连，这家父母耿直，找到丁德耀二舅家理论，丁德耀二舅妈是有名的母老虎，一语不合就吵起来了，吵得整幢楼地动山摇，玻璃窗都快裂开了。

还有倪爱梅的那个小姐妹丁红，和她老公曹原群是坚定的丁克主义者，坚定到什么程度？倪爱梅和丁红喝闺蜜下午茶，聊起男女情事，丁红说为了避孕，非戴套不做爱。倪爱梅问每次都戴？丁红说每次都戴，一次都不拉下。倪爱梅将信将疑，照你这样说，肉从来没碰到过肉啊。丁红没反应过来，什么意思？倪爱梅说，每次戴套，隔着一层硅胶，肉怎么碰到肉呢？丁红捶了倪爱梅一拳，好你个女流氓，什么下流话都敢说。

丁红和曹原群肉从来没碰到过肉，感情却很好，因为没准备要孩子，就没存钱的打算，经常下馆子看电影，攒年假出去旅游，美中不足的是，当初没按揭买房，办完婚宴后和公婆一起住，公公在家里不怎么管事，婆婆想抱孙子，看媳妇肚子一直没动静，一开始指桑骂槐，后来就直接骂桑了，丁红想搬出去，房价已涨到连贷款的勇气也没了。小两口起念外出租房，曹原群刚一提，曹母张嘴就骂，曹原群性情怯懦，从不和母亲顶嘴，丁红却不是省油的灯，和婆婆顶嘴的次数越来越多，声调越来越高亢，曹原群三夹板两头受气，有一次没忍住，推了一下丁红，丁红反手就是一记耳光。小两口就这么完了。从民政局领完离婚证，装新潮吃分手宴，两个酒量平平的人，喝了一大瓶加了冰块的威士忌，想起过往的爱情，哭得泣不成声，东倒西歪坐进两人合伙买的而今划归丁红名下的国产SUV，做戏做全套，玩起了车震，曹原群去取避孕套，被丁红阻止了，那一刻，她想起了倪爱梅的话，心想在一起那么多年，一直有措施，这最后一次，无论如何要水乳交融，于是，这对离婚夫妇做了一次无套之爱。

不想就这一次破戒，就在丁红身体里播下了一粒不该发芽的种子，她约倪爱梅喝下午茶，告诉了自己怀孕的消息，倪爱梅惊诧地望着她，以为她这么快就有了新欢，当得知是跟曹原群告别演出造成的结果，不知说什么好，丁红倒也洒脱，说，还不是你那句话刺痛我了。倪爱梅问她打算怎么处理腹中的孩子。丁红说，我是丁克，不会要孩子的，这次身体要吃苦头了，不过和曹原群感情一场，我不后悔。

倪爱梅本不想把丁红打胎的事告诉丈夫听，丁德耀肯定会说，生下来送给我也好啊。

她知道他这副德行，就忍了两天，到了第三天临睡前，头枕靠垫没忍住，就说了，一说完就后悔了，诚如她所料，丁德耀立刻从被子里坐起来："干吗打掉，生下来给我嘛。"

看着丈夫痛心疾首的样子，她知道他又要说他的祖母和外婆了——话说回来，让她反悔一次，她还是做不到守口如瓶，还是会说给丈夫听，这是她的秉性所决定的，夫妇之间不该有秘密，她不喜欢隐瞒，她喜欢和丈夫分享家长里短，虽然有时会顾虑引火烧身而暂时不说，最终还是会按捺不住——他已说了不下一百次，但不妨碍说第一百零一次："你说，现在的女人生个孩子怎么这么难，我奶奶生了七个，外婆生了十一个，跟母鸡生小鸡似的，一生一大窝，现在的女人可好，生一个都难……"

见老婆沉下脸，丁德耀知道又说错话了，忙解释："不是说你，现在的女人普遍这样，每次陪你去妇产科医院，都是一大堆不能生娃的女人在挂门诊。"

倪爱梅说，你是没说我，可我也是其中一员，我没用好了吧。

丁德耀知道麻烦来了，老婆马上就要发作了，舰着脸赔笑道，生孩子太麻烦了，实在不行，我们去领养一个现成的吧。

倪爱梅说，去哪儿领养，你以为领养那么容易呀。

丁德耀说，领养当然去孤儿院。

倪爱梅说，健康漂亮的孤儿哪轮得到我们，早被有权有势的人家走后门了。

丁德耀说，那我们去非洲领养一个小男孩，再去俄罗斯领养一个女孩，一黑一白，可拉风了。

倪爱梅笑出小虎牙，我不反对。

丁德耀说，一家四口走在路上，就是小联合国。

倪爱梅说，我听说领养小孩夫妻都要三十岁以上，我们年龄倒是够了。

丁德耀说，你还真去孤儿院打听了？

倪爱梅说，我连孤儿院在哪儿都不知道，上次你说要领养，我就百度了一下。

丁德耀说，我开玩笑的，孩子还是得自己的，说着把倪爱梅扳过来，嘴巴凑近耳朵说，我来交公粮吧。

倪爱梅说，交了那么多年了，交了也白交。

说虽那么说，等丁德耀翻身下来，她把双腿高举，屁股在上脑袋在下，脚掌顶住墙壁，这个动作是妇科医生教她的，精液更容易往身体深处游。

其实，结婚第二年，她怀过一次孕，那时她对生育并不迫切，也不采取避孕，态度是顺其自然，没有不强求，有了就生。发现例假延迟，以为是没休息好所致，大学毕业刚上班，旧同学新同事，业余活动很丰富，丁红就是这个时段认识的朋友，她们在同一家城市银行上班，过了两年，丁红跳槽去了一家日资保险公司，友情保留了下来，至今还是最好的闺蜜。

等例假延迟了一个月，才意识到可能怀孕了。丁德耀陪她去妇产科医院，检查报告印证了猜测，医生叮嘱妊娠早期以静养为主，忌冷忌辣增加营养，她嘴里答应，仗着年轻没当回事，照样嚼雪糕吃川菜，刚从邻省旅游回来，听说陈奕迅在开演唱会，拽着丁德耀去体育场门口找黄牛，高价买了门票，这是她最喜欢的香港歌手，为了看现场，宁肯吃一星期方便面。

因为观众的热情，已挥手谢幕的歌手不断返场，三小时演唱会延长了二十多分钟，终于，舞台灯光彻底暗淡下来，观众离场，倪爱梅挽着丁德耀去卫生间，那儿站满了膀胱憋上脸的人，丁德耀等了十分钟，入厕解决了。倪爱梅候时更久，夹紧裤裆，快哭了。好不容易轮到，扭着屁股挪进女厕，已不敢开胯。

过了片刻，慌里慌张出来："奇怪，我大姨妈怎么来了。"

丁德耀说，不会吧，医生明确说你怀孕了。

倪爱梅说，所以才奇怪啊，会不会误诊了。

丁德耀说，怀孕又不是什么疑难杂症，怎么可能误诊。

倪爱梅啊呀一声，那可能就是见红了。

丁德耀说，什么是见红？一惊一乍见鬼似的。

倪爱梅说，你们男人不懂，这时候见红可能孩子就保不住了。

丁德耀也紧张起来，拉着老婆连夜去看急诊，值班护士不让挂号，说见红不属于急诊范畴，没必要半夜跑来凑热闹，明天看门诊吧。

次日一早又跑医院，妇科医生说，怀孕初期出血确实不是好现象，吃点黄体酮观察一下。

丁德耀问怎么会产生这种情况。医生说，可能是胎儿染色体异常，也可能是母体激素失调。倪爱梅说，对胎儿有什么影响？医生说，说不好，有吃了黄体酮保胎生下健康胎儿的，也有早产儿畸形儿的，各种情况都有。

倪爱梅说，听起来像冒险。

医生说，出血量大么？

倪爱梅说，蛮大的，怀孕了没再用卫生巾，流到大腿上了。

医生说，血量这么大有点麻烦，一般的见红也就是内裤上沾点颜色。

丁德耀说，吃那个黄体酮有用么？

医生一边开药方一边说，看运气吧，医学是模糊科学，谁都不能保证结果。

夫妇俩领了药，揣摩着医生的话，越想越觉得风险大，商量了一星期，跑去医院，还是上次那个医生，丁德耀说，我们认真考虑过了，放弃算了。

医生也没阻止，说了句，还在妊娠早期，做药流吧，痛苦少一点。

倪爱梅去药流室吃了药，丁德耀扶她在病床躺下，自己坐在椅子上发愣，药流痛苦比手术小，也不是没痛苦，倪爱梅一会儿晕眩，一会儿干呕，翻来倒去，脸色惨白，额头满是虚汗。

这次流产以后，就再没怀上，有时候也会后悔，"如果当时生下来，已经上小学了。"倪爱梅叹了口气。

丁德耀安慰说，医生说畸形儿可能性很大，万一真是残疾智障，岂不害人害己。

倪爱梅说，那也有百分之五十概率是健康孩子呀。

丁德耀说，谁敢冒这个险，还记得我们学校那个老魏么，生了个白痴儿子，拖累家人那么多年，觉得日子没奔头，把傻儿子活活闷死，自己也自杀了。

倪爱梅吐出一串呸呸呸："别拿这种晦气事来对比，我们家孩子肯定健康聪明。"

丁德耀也跟着一串呸呸呸："我们的孩子肯定健康聪明，菜场快打烊了，我去买菜了。"

倪爱梅说，快打烊了，绿叶菜最便宜，再买两条带鱼。

丁德耀说，我去冬子家买，你说，这么机灵的孩子怎么就投胎到鱼摊了，弄得书也没的读，真是可惜。

倪爱梅说，你这人真奇怪，对一个邋里邋遢的小鱼贩心心念念，身边亲戚朋友那么多小孩倒没见你多提。

丁德耀说，还真别说，就是投缘，第一眼看到就喜欢，敦敦实实没什么心眼，大眼睛里全是聪明。

倪爱梅说，你快去照照镜子，说到冬子口水都快流下来了。

丁德耀配合着擦了下嘴角，冬子要是我儿子就好了，邋遢没关系，洗个澡买几套漂亮衣服一穿，就是小帅哥了。

倪爱梅说，你别真的当人家小孩面说让他当你儿子吧。

丁德耀说，说过啊，当着他妈妈面也说过，有一次他爸爸在，也说了。

倪爱梅说，人家要当你人贩子防着了。

丁德耀说，怎么可能，我这是变相夸他们儿子呢，他们开心还来不及。

倪爱梅说，要是别人这么夸我儿子，我肯定不愿意。对了，昨晚新闻里说，有个蜘蛛人摔死了。

丁德耀啊了一声，但愿不是老潘，我去菜场了，除了带鱼，你还想吃什么？

倪爱梅说，买块豆腐做麻婆豆腐吧，绿叶菜随你，尽量挑新鲜的。

说这些话的时候，倪爱梅在看《中国式离婚》，丁德耀瞄了一眼，正好是他喜欢的女演员左小青——他平时喜欢读闲书，很少看电视剧，觉得浪费时间，有时倪爱梅叫他一起看，他只好扔下书，搂着老婆看一会儿，这是丈夫的义务之一，美其名曰"陪伴是最好的长情"——就说了句，你看我们家小青，多好看。倪爱梅瞥他一眼，看着银屏里出现的陈道明说，我们家道明才好看呢，帅死了。

丁德耀嘿嘿一笑，出了门，到了楼下给倪爱梅发了条短信，外面好像下雪了，去收一下阳台的衣服。

倪爱梅回了个哦字，去了阳台，天空中雨夹着冰粒，伸出手，冰粒在掌心跳一下，化了。

把收下的衣服拢在怀里，远眺阳台外的黄昏，印象中，这个城市十年没下雪了，当然，现在还不是雪，只是雪的前奏，亦有可能，不会下一场真正的雪，即便下了，也未必会积起来，更不要奢望堆雪人打雪仗了。

朝下俯瞰，背有点微驼的丈夫出了小区，羽绒服的附帽套在了脑袋上。她想叫一声，让他买两只圆萝卜。觉得可能听不见，就咽回去，改成发一条短信。

丁德耀收到短信，回了"知道了"三字，折出小区，往菜场方向走过去。

小区门外是一条被污染的河，前几年还见人钓起过耐脏的黄颡鱼，而今除了喂养金鱼的水虱，恐怕没什么活物了。

水虱最多时是初秋，河面边缘染出一片铁锈红，捞水虱的网兜是自制的，网口蒙一层刚好让水虱钻过的细格纱，握着细长柄在岸边走来走去，网兜像在擦洗一幅流动的脏玻璃，铁锈红慢慢淡了，的确良材质的网兜内，接近褐色的深红透了出来。

过了桥，从"绿化山"右绕二百米，菜市场隐匿在一摞破败老宅里，保存室内温度的塑料垂帘如同一条条冰挂，本是透明的，被摸得很脏，能粘住蔬菜的草腥和鱼虾的臭腥，丁德耀刚一撩垂帘，脚趾被人踩了一脚，刚要发作，发现正是老潘，想起老婆刚才说昨天有蜘蛛人摔死了，情知不会那么巧是老潘，冷不防撞个满怀，还是有点白天见鬼的感觉，一时说不出话来。

后面紧跟着潘冬子妈妈，丁德耀缓了口气，问道，你们两口子心急慌忙去哪儿呀？

老潘说，是丁老师啊，批发市场的哥们打电话来，说今晚有远洋渔船到岸，让我早点过去挑点好的海鲜。

丁德耀说，天还没完全黑呢，就赶啊。

潘冬子妈妈说，挺远的，骑黄鱼车到码头要两个多钟头呢。

丁德耀说，冬子一个人守摊呀？

潘冬子妈妈说，他自己会收摊回家，没事的。

丁德耀说，那你们快去码头吧，我找冬子买两条带鱼。

丁德耀撩开垂帘，把头回一下，飘洒的雨丝间杂着冰粒，老潘的背影有点拖沓，潘冬子妈妈的背影则没有主见，丁德耀想象了一下蜘蛛人在半空中作业的画面，进了菜场。

潘冬子戴一顶雷锋式带护耳的棉帽，鼻孔一抽一抽，如同在泵两只肥厚的气泡。看见丁德耀过来，忙把鼻涕擦在袖口上，丁德耀装作没看见，天确实很冷，虽然门口挂了隔温的塑料垂帘，也是聊胜于无的摆设。

他很少有和潘冬子独处的机会，多数情况下，他妈妈会在一旁，更多情况下，是他妈妈一个人守摊，潘冬子在附近和小朋友玩——毕竟是小男孩，猴子屁股坐不住，需要奔跑和嬉闹——最少的情况是一家三口都在，平日里，进货由老潘负责，进完货送到菜场，还要做诸如敲冰块等保鲜工作，然后吸几口烟，再去当蜘蛛人。所以，丁德耀在菜场见到老潘的次数不多，但老潘知道有这样一个喜欢自己儿子经常照顾自家生意的中学老师，每次见面，总憨厚地打个招呼，递上一支烟。虽然是劣质烟，丁德耀还是会接过来，点上抽几口。

丁德耀看到有油带鱼，让潘冬子抓了四条，心想多买两条放冰箱里，油带鱼不常有的。

潘冬子说，我爸妈去码头进货了，丁叔叔下次可以多买点海鲜，快过年了，要备年货了。

丁德耀说，我刚才在菜场门口碰到他们了。

他朝潘冬子的袖口看了眼，拉长的鼻涕像鱼鳞发出银光，男孩留意到他的眼神，按台秤的手指羞涩了一下："油带鱼煎着好吃，清蒸也好吃。"

丁德耀说，外面下冰粒了，今晚可能会下雪。

潘冬子说，真的么，我还没见过雪呢，那我早点收摊去看雪。

丁德耀说，我先去别的摊位转转，你帮我把带鱼剪一下。

说着，去别的摊位买萝卜豆腐和绿叶菜，潘家鱼摊是进出菜场的必经之地，等他绕完一圈，潘冬子已在收摊，见他返来，兴奋地说，丁叔叔，真的下雪了，我出门看过了。

丁德耀说，真的下雪啦，我也很多年没看见雪了。

潘冬子说，我出生的那个冬天我妈说很冷，给我起名冬子，可我连雪都没见过，还叫什么冬子。

丁德耀说，要是下一个晚上，雪就能积起来，望出去一片白皑皑，可漂亮了。

潘冬子说，要是真积起来，丁叔叔陪我堆雪人吧。

丁德耀说，怎么不让你爸爸陪你堆雪人呀？

潘冬子说，爸爸去码头进货，不知道什么时候回来呢，再说，我们关系好嘛。

我们关系好，这个理由好，丁德耀笑了，明天雪要是积起来，一早找你堆雪人。

潘冬子笑起来很像小游击队员潘冬子，说，谢谢丁叔叔。

下雪的消息很快成为电视台的热点新闻，晚餐时间，厨房里的油烟味尚未散尽，小餐桌旁的丁德耀吃着香煎油带鱼，卧室里的电视传出一句"市民喜迎十年以来的第一场春雪……"

他吐出一段鱼骨，捧着饭碗去阳台，张望之处，皆覆了一层灰白，回到餐桌坐下，对老婆说，看样子雪不会停，明早要是积厚了，我找冬子堆雪人去。

正用调羹舀麻婆豆腐的倪爱梅看了眼丈夫："真把冬子当儿子了？人家爸爸不会陪他？要你陪。"

丁德耀说，冬子说我们关系好，我就答应他了。

倪爱梅说，让你看场电影半年都没空，倒有时间陪人家小孩堆雪人。

丁德耀说，早上堆雪人，下午请你看电影。

倪爱梅把一勺麻婆豆腐放进嘴里："这么不诚心，谁稀罕你的电影。"

次日早晨，丁德耀光着腿爬出被窝，跑到阳台瞥一眼，户外已是银装素裹，完全被雪笼罩，忙又跑回来，钻进被窝，被倪爱梅手肘一顶："要死，冰棍一根抱住我。"

他嬉皮笑脸道，你半夜撒完尿不也冰棍一根抱住我。

倪爱梅说，只有老公给老婆暖被子的，哪有反过来的。

丁德耀说，外面雪积起来了，我起床去堆雪人了。

倪爱梅说，这事倒记得牢，你爱去不去，我睡个回笼觉。

丁德耀说，也不单单去堆雪人，昨晚冬子爸妈去码头进海鲜，我去挑点好的，快过年了，该备年货了。

倪爱梅说，那你别只买海鲜，也买只鸡买只鸭，再买只蹄髈，总要把冰箱塞满。

丁德耀说，哟，老婆大手笔。

倪爱梅说，贫嘴，对了，下午看电影是真的假的。

丁德耀说，当然真的，大丈夫一言驷马难追。

倪爱梅说，还驷马难追，你这是瘸腿马吧，没结婚就说带我去新马泰，到今天还是空心汤团，你这骗子。

丁德耀说，明年是我们结婚十周年，保证带你去新马泰。

倪爱梅说，还记得结婚快十年了呀，不容易。

丁德耀说，我记得结婚前一年，就是认识你的那年冬天，下过一场雪，后来就再也没下过雪了。

倪爱梅说，那场雪挺大的。

翻了个身，开始睡回笼觉。

丁德耀起床，刷牙洗脸。十分钟后出了门，雪还在下，户外很冷，却没有室内想象的那么冷，小区空地有不少人，一看就是来赏雪的，有些撑伞，有些跟丁德耀一样，只是戴着羽绒服的附帽。绿化带旁有大人带着孩子在堆雪人，并且堆好了一个。社区里所有的小孩可能都出来了，他们应该都是第一次邂逅雪，也是第一次打雪仗，捏了雪块去砸小伙伴

047

的同时，也顺便去砸那些凑热闹的狗猫，把它们吓得四处逃窜。

显然，这场久违的春雪被赋予了节日的意味。十年一遇的天象宛如月全食一样珍贵，丁德耀心想，整个城市应该陷入了狂欢。

从河边经过，靠近岸边的河面结冰了，把漂浮的垃圾封住，河中央有反光的薄冰，偶尔驶过的小船像犁剖开水面，将薄冰卷入河水。

过了桥，丁德耀买了两只香菇菜包，两只肉包，香菇馅是自己吃的，肉馅是带给潘冬子的。刚出炉的包子，放进嘴里皮已微凉，馅是热的，丁德耀咽得急，有点噎住。以至于碰到潘冬子的时候，还在打嗝。

撩开如同冰挂的塑料垂帘，蔬菜的草腥和鱼虾的臭腥令丁德耀皱了下眉，他手势僵硬，被掀动的垂帘击中了耳垂。从菜场门口就可以望见潘家鱼摊，老潘一家三口都在，潘冬子和父母在一起理货，一边理一边朝门口方向张望，看见丁德耀出现，乐滋滋跑了过来，丁德耀忙摆手："不要跑，地上滑。"

话音刚落，小男孩被流淌的冰摞倒了，他立刻翻身起来，动作流畅，如同完成一个杂技。

丁德耀已走到跟前，把肉包递给他，潘冬子接住，往嘴里塞，丁德耀知道肉包已完全冷了，小男孩吃得很香，一边吃一边说，我早上吃过了，不过我又饿了。

丁德耀说，小孩子长，长身体，容，容易饿。

潘冬子笑了，丁叔叔打嗝了。

丁德耀说，是啊，吃包子吃快了。

在砸冰块的老潘直起腰来，丁老师这么客气，还买包子给冬子吃。

丁德耀说，看你们眼睛都是血丝，昨晚没怎么好好休息吧。

老潘说，这是春节前最后一艘远洋渔船，拿货的人很多，像抢一样，我们也是刚回到菜场。

说着拿出一包中华烟，递给丁德耀一支："为了拿点好货，买了两包高档烟，一包送掉了，这包还剩几支没发完。"

丁德耀接过烟，看看泡沫盒子里的海鲜，给我挑点吧，大黄鱼大明虾乌贼鱼都挑，挑一些，准备过年了。

潘冬子说，我来挑，给丁叔叔挑最好的。

丁德耀说，我再去买，买点别的，待会儿去堆雪人。

潘冬子妈妈说，丁老师要带冬子去堆雪人呀，比亲叔叔都好。

丁德耀说，冬子说他是第一次见到雪。

潘冬子妈妈说，我们老家倒是每年下雪，冬子生在这里，出生以后就没下过雪。

丁德耀说，是啊，十年没下过雪了。

潘冬子咽下最后一口包子："等我长大了，开个包子店，用鱼虾的肉做馅，肯定生意好。"

丁德耀看一眼潘冬子，觉得这孩子开悟早，会动脑筋，虽没读过书，长大未必没出息，很多大老板也是文盲，所谓的草莽英雄。但他还是有点遗憾，要是能读点书，总是锦上添花的，可惜他说服不了潘冬子父母。

等他买完鸡鸭蹄髈，潘冬子已把鱼虾挑好，分别装在马甲袋里。他把钱付完，食材寄存在鱼摊，带着潘冬子出了菜场。

"绿化山"同样聚集了很多赏雪的人，雪地上踩满了脚印，打雪仗的小孩在追逐，成年人沿着被白雪遮蔽的草坪行走。

绿化山是俗称，学名刻在山脚下的铜牌上："固体废弃物封闭处理中心"，其实这是一座环保式垃圾处理站，只不过穿了个绿树成荫的外套。说是山，不过是个土丘，顺着石阶上去，三四分钟就到顶了。

我们上去堆雪人吧，丁德耀说，上面的雪应该厚一些。

潘冬子说，堆好雪人，我要回去守摊，让爸妈回家睡一会儿。

丁德耀说，进个货，怎么进了一个通宵？

潘冬子说，说是下雪了风大，渔船好不容易才靠上码头。

丁德耀说，你爸妈很辛苦。

潘冬子说，劳动人民哪有不辛苦的。

听到"劳动人民"四字，丁德耀一愣："你从哪儿听来的劳动人民？"

潘冬子说，我爸常说自己是劳动人民，等我再长大点，他们就不辛苦了。

丁德耀说，你还是应该去读书。

潘冬子说，丁叔叔，告诉你一个秘密，其实我很想读书的，但那样我爸妈就更辛苦了。

丁德耀说，你想读书我跟你爸妈去说呀。

潘冬子说，你别说，说了我也不承认。

丁德耀鼻子一酸，觉得要流鼻涕了，天气确实很冷，土丘顶上比地面更冷一些，一块平坦的雪地呈现在眼前，只有一个老头在打太极拳，很多树枝被雪压得直不起腰来了。

潘冬子说，丁叔叔你堆过雪人么，我不会堆。

"很容易，我来教你。"丁德耀蹲在雪地里，揭起一片雪，雪厚半寸，慢慢往前滚，说也奇怪，竟蛋卷般卷了起来，草坪露出一长条青黄，丁德耀把雪柱竖起来，摘去附在表面的草叶和细枝，潘冬子很兴奋："我也要卷一个。"

俯身学着丁德耀的手势，如法炮制了一个雪柱，也把草叶和细枝摘去，丁德耀说，你这个小一点，把它捏成圆的，当脑袋吧。

潘冬子又拍又捏，要把雪柱弄成圆球，却怎么也弄不圆，雪看似绵软，却很难塑形，稍一用力就僵住，接近冰的硬度，要巧劲轻拍，不是猛捏。

不管怎么样，一刻钟后，雪人堆好了，样子并不美观，丁德耀脱下眼镜给它带上，让它叼了支烟，潘冬子取下带护耳的雷锋式棉帽，给它戴上。

丁德耀说，别脱帽子，着凉了头疼。

潘冬子说，让它戴一会儿，它戴着挺好。

雪还在下，越来越大，没有停的意思。潘冬子一激灵，连打两个喷嚏，两只手倔强地挂在身体两侧，而不是插进裤兜里，脸庞发皴，眼睛和鼻子也冻红了。

丁德耀把雷锋式棉帽取下来，戴在小男孩脑袋上："雪人堆完了，你可以回去守摊了。"

潘冬子说，要是有个照相机拍下来就好了，这是我堆的第一个雪人。

丁德耀说，叔叔倒是有个照相机，忘记带了。

潘冬子说，算了，我堆过雪人了，我用眼睛把它拍下来了，记在脑子里了。

丁德耀把眼镜取回，重新戴在鼻梁上，潘冬子回头注视，发现多了一个雪人，那个打太极拳的老头也变成雪人了。

潘冬子说，丁叔叔，雪好像变大了。

丁德耀说，我也发现了，我们回去吧。

石阶已看不出原有的大理石颜色，一格一格的轮廓消失了，变成了一个坡度。丁德耀眼镜和鼻子上沾满了雪片，潘冬子睫毛上也是雪花，眼睛快睁不开了。

丁德耀牵着小男孩，打太极拳的老头尾随在后面。

由于石阶不再明晰，视觉的作用已经不大，只能依靠脚的触感，所以往下走的速度很慢，好不容易来到"山脚"，发现马路上的人都消失了，鞋子踩下去刚提起来，鞋印就被大雪吃掉了。

有个老妇走不动了，像固定在座基上的雕像，想呼救却发不出声。丁德耀留意到小男孩在看自己，眼神里有点惊慌。

当他把潘冬子送回菜场，透明的塑料垂帘一撩就断了，他取回食材，提在两只手里，跟老潘夫妇匆匆道了声别，就往家里赶。

走到桥堍时，雪的厚度已没过了脚踝，丁德耀担心按这个速度，很快会齐到小腿，回到家时，膝盖说不定都拔不出来了。

走到桥中央朝河面看，一只过境的小船似乎被冻在了漫天大雪里。回望菜场那边，一间老旧的瓦房被积雪压斜了，突然匍匐到地上，扬起一团尘土。这场雪宛如积攒了十年的仇恨，要完成一次复仇。他也从迎接一场春雪的欢喜，变成了对雪灾的恐惧，他觉得有点对不起倪爱梅，心里说，老婆对不起，今天电影又看不成了。

他终于走进了小区，一棵老樟树歪在门洞之侧，肥厚的雪从树冠上塌下来，砸在他身上，散开的雪顺着羽绒服的附帽落到背上，他像水獭一样抖一抖身体，把雪抖掉了。

写于 2018 年 3 月 8 日

孟加拉虎

# 1

Father，father。小雄说，爸爸，在叫你呢。

常景没有回头，轻轻嘀咕了一声，谁是法舍？谁知道你在叫谁。

小雄说，father 就是爸爸，爸爸就是 father，老师就是这样教我的。

常景停下手里的筷子，说，好，你会放洋屁了。

小雄说，爸爸你别不高兴，其实我今天什么都没看见。

常景重新埋下头看报，泪花一下子在眼圈里打起转来，他吸了吸鼻子，走到卫生间里去，没忘记反手上了销子。

小雄靠在卫生间的门框上说，爸爸，你说人活着有意思么？

常景听了这句话，心略噔跳了一下。这话从一个小男孩口中说出来，确实出人意料。未等常景回答，小雄自己公布了答案，反正我觉得没什么意思，我觉得自己还不如一只在天上飞的鸟呢。

常景说，小雄，你是不是觉得爸爸活得有点窝囊。

门外没有响动，常景用凉水浇了把脸。走出来。看见小雄已回到外间，正用遥控板切换电视机的画面。在一个动画片频道上，小雄把它确定了下来。

小雄把头转过来，问道，爸爸，刚才你好像在问我个事？

常景把手在衣摆上擦了擦，说，没有，我没问什么。

小雄把头调了回去，继续看电视，过了一会儿，常景又按捺不住问，小雄，你觉没觉得爸爸窝囊？

小雄没正面回答，忽然想起了什么似的，忘了告诉你，我今天揍了李朝一顿。

常景吃惊地问，你是说李大兵的儿子，为什么？

小雄漫不经心地说，爸爸，我刚才骗你呢。其实白天我都看见了，李大兵再这样对待你，我就每天揍他儿子一顿。

常景看着儿子，无言以对。

小雄又说，爸爸，其实我揍李朝还有一个理由，他说我们家欠他们家一条人命，我非把他揍扁不可。

常景一下子愣住了，就像有一根棍子将他打闷了。他立刻把惊愕掩饰掉了，小孩说着玩的，别当真。

隔了两分钟，常景又说，爸爸去买盒烟，待会儿妈妈回来，你们先吃饭吧。

常景这句话有个明显的破绽，他家楼下不远就有一个烟杂店，单纯买烟的话来回不过五六分钟的事，常景话里所需要的时间显然不止这些。但小雄此刻被动画片吸引住了，他没觉得常景的话有什么问题。他用鼻腔应了一下，眼睛一动不动地盯在电视机的荧屏上。

常景走在动物园新村的小马路上,他在烟杂店买了盒烟,没有折回去,而是拐个弯,朝东南方向的一幢楼走去。

动物园在上世纪60年代中期创建的这个新村最早只有两幢楼,当时是一项照顾职工及其家庭的福利。后来随着动物园几次扩建和职工的增加,又添了五幢楼。到了90年代初期,这块区域被辟为新的大型居住区,周遭建了很多商品房,渐渐把原来的七幢楼吞没了,小区也正式定名为"怡华新村"。但约定俗成的老称呼并未就此消失,"动物园新村"仍广泛出现在人们的口头传播中。沿线的几条公交线路站牌上保留着这个站名,售票员介绍站点时也没改口。

常景来到那幢楼下,点燃一支烟,吸了两口把它扔掉。上了楼在303室门外停下脚步。他没立刻敲门,在考虑第一句话该怎么说。

想了想,觉得什么都没有比单刀直入更好。

于是他清了清喉咙,好像运了一口气,大声喊道,李大兵,你给我滚出来。

门打开一条缝,他要找的人从缝隙间探出了头。这个刹那,常景下意识地往后退了一步。这么多年来,他从未冒犯过这个比自己矮上半截的小个子男人。虽然,动物园里的每个人都知道李大兵把他当成了死对头,一有机会就向他发难。特别是几年前李大兵当上园领导后,硬是把常景从人事部拽了出来,发配到虎山去当了个驯虎员。但常景却一直忍着,让人觉得他是个孬种,空有一副高大的身坯。此刻,常景终于爆发了。他可以在公众面前当孬种，不能在儿子心中当孬种。他厉声断喝的时候，心抽搐了一下，他面色狰狞地望着嘴边粘着米粒的李大兵说，你今天得把话给我说清楚，谁欠你们家人命啦？

李大兵的老婆陈翠萍和儿子李朝也探出头来。陈翠萍看着怒目圆睁的常景愣了一下，拉着李朝把脖子缩了回去。

常景说，这些年来你处处和我作对，我没答理。你别以为我怕你，你不想一想，我连老虎都不怕，还会怕人？

常景的意思是说，我根本没拿你李大兵当回事，之所以作出一副委曲求全的样子与畏惧并无关系。

李大兵清了一下喉咙，常景你有什么事可以明天到单位再解决，现在我正在吃晚饭。

常景说，你既然这样说，那只有对不起了。

李大兵还未来得及搭腔，脸就像南瓜一样破开了。他用手去摸了摸，手掌上都是鼻血，几乎同时在地上响起的碎裂声则告诉他眼镜也摔坏了。

非常短促的僵持之间，李朝忽然像一只跳蚤一样从门缝里蹦到了常景左腿上，张开嘴巴咬了他一口。常景的口形微微滑动了一下，不慌不忙抖了抖下肢，让小男孩像一片叶子般飘落下来。

李大兵的老婆陈翠萍终于出场了，她把儿子抱起来，说，常景，你怎么可以打人呢？

陈翠萍双唇微启，似乎还有话说，不过她还是把要说的话咽了下去，抱着儿子摔门而入。

李朝那未曾发育的尖细声音却响了起来，你是杀人犯，你们家欠我们家一条人命。

常景冷笑道，现在你亲耳听到了，你把话给我说清楚。

李大兵捂着鼻子说，我们做大人的可没教过李朝这种话，他从别的地方听来的，你要知道那件事新村里很多人都在传，保不准谁乱嚼舌头。

常景说，我看乱嚼舌头的就是你，那件事知道的人是不少，可没人会说我们常家欠你们李家一条人命，这话是能随便说的么？

此刻，楼梯与走廊上聚集了不少人，都是动物园职工或家属。没人上来规劝，只是保持一定的距离看着常李两人。

李大兵说，你要那么说我也没办法，没想到你常景还动手打人了，如果你真是一条好汉，你就把我打死。

常景说，我不必将你打死，否则不就欠你们家两条人命了。

李大兵朝楼梯口望去，在那些熟悉的脸孔中扫描一遍，冲着一个穿绿色卡其布夹克的中年男子指了一指，大声说，吴贵龙，你这个保卫科副科长怎么在一边袖手旁观？

吴贵龙从众人中走了出来，表情中带着尴尬，他对李大兵说，李副书记，这件事我还真难插手。你看，你们一个是园领导，一个是普通职工，我这胳膊肘往哪儿拐都不好，依我看最好去派出所。

李大兵说，别的不说，打人你总看到了吧。就凭这一条，你们保卫科就该管。

吴贵龙说，还是去派出所吧，这是在家里，又不是在单位，我们出面群众会说话的。

李大兵说，那你去打电话，快点。

吴贵龙凑到李大兵跟前，咬了一句耳朵。

李大兵白了吴贵龙一眼说，你这人花样怎么这样多？接着，就冲着家里叫道，陈翠萍，你给派出所挂个电话，就说有人行凶。


## 2


小雄坐在饭桌前等得有点不耐烦，肚子咕咕叫起来，忍不住抓了一块走油肉，放进嘴里嚼着。这时仝菊回来了。她是动物园里的兽医，和李大兵的老婆陈翠萍一样，是农学院毕业后分配来的。按正常工作时间，她应该和常景一起下班，但今天她给一头羚羊做小手术，就晚了一些。

仝菊没看见常景在家有点奇怪，对小雄说，哎，你爸呢？

小雄把肉咽下去，摇摇头说，他说去买盒烟，半小时了还没回来，不知道上哪儿去了。

仝菊说，你饿了就先吃吧，别忘了给他留几块肉。

小雄答应着，跑去盛饭。忽然想起了什么，回过头说，爸爸出门的时候让我们别等他，说如果你回来了就先吃饭。

仝菊说，那他肯定不是买烟去了，能上哪儿呢？

小雄说，肯定又去搓麻将了。

仝菊说，那不会，还没吃晚饭呢，再说他有那个心也没那个胆。

小雄说，妈妈，为什么你老是对爸爸那么凶，我爸爸力气可比你大多了。

仝菊说，他力气大有什么用，他还能动我一指头还是怎么的？别看他在老虎面前吆五喝六的，见了我，他就是一只病猫。

小雄说，妈妈比老虎还厉害。

仝菊说，那当然，吃你的饭吧。

说着，仝菊把外衣脱了，也盛了一碗饭过来。母子俩边吃边等，用餐的进度比平常慢一些。仝菊中途两次放下筷子，探出头看正在上楼的人。她火气慢慢上来了，如果此刻常景回家，必然被她骂个狗血喷头。然而一直到晚餐结束，常景的人影也没有出现，仝菊就把房门锁上了。

因为生气的缘故，仝菊连碗筷都没收拾就和小雄先睡了。被窝里小雄对仝菊说，妈妈，我知道爸爸去哪儿了。

仝菊问道，你说，他去哪儿了？

小雄说，我猜他去找李大兵打架了。

仝菊说，我不相信，他最怕的就是李大兵，送给他一百个胆他也不敢去找李大兵打架。

小雄说，你不能这样说爸爸，老虎在我爸爸跟前都服服帖帖的，他李大兵算什么。

仝菊说，老虎是畜生，李大兵可比老虎难对付多了。

小雄说，反正信不信由你，我觉得爸爸今天会把李大兵饱揍一顿，就像我白天揍李朝一样。

仝菊说，听你这么一说，像是出了什么事。你给我起来，告诉我发生了什么？

说着，仝菊就把小雄从被子里给揪了出来，小雄抱着膝盖咯咯笑道，你干吗呀？

仝菊阴着脸问道，搞什么鬼，你爸为什么要找李大兵打架？

小雄说，可能是我下午那句话激的吧。

仝菊问道，你说什么了，逼得他非要去打架？

小雄说，其实我什么都没说，我想起来了，我是想说一句什么的，可我没说，我就用鼻子哼了一下，就掉头走了。

仝菊说，你居然敢用鼻子哼你爸爸了？你才几岁呀，就敢用鼻子哼你爸爸了。还有，你居然会打架了。说说，李朝是怎么招惹你的？

小雄说，李朝没招惹我，可他爸爸招我了。中午放学的时候，我去动物园找爸爸拿饭票。找了一圈都没找着，后来撞见了猴山的陈卷毛。他说爸爸在行政大楼呢。我就去那儿找，爸爸真在。站在那个该死的李大兵桌子对面，李大兵样子阴阳怪气的，隔着玻璃听不清他说什么，反正不是什么好话。爸爸就那么傻站着，那情形就像一只老鼠在训一只猫，后来爸爸看见我了，我哼了一鼻子就扭头撒腿跑了。下午课间休息的时候，我就去找李朝报仇了。

全菊听完，说，你真是越来越有出息了，开始插手大人的事了。

小雄说，你不会让我跪搓衣板吧。

全菊脸色铁青着坐在床上。小雄看了妈妈一眼，爬了起来，把衣服套上，到外屋找来搓衣板，把膝盖放上去。

这边，全菊站了起来，从小雄身边绕过去，一言不发出了门。

## 3

小雄在搓衣板上跪了一会儿，发现门外无动静，站了起来，把门关上，下楼来到新村的小路上。

一路小跑，没过多久，就看见了妈妈的背影。她果然正朝李大兵家的方向去。小雄有点后悔，他本不愿让妈妈知道爸爸的去向，所以吃饭的时候一直忍着没说，可爸爸迟迟未归，他有点担心了，一担心就说了。

小雄没想到的是，自己的激将法对爸爸那么起作用。但在内心中，他对爸爸的反应很满意，也对自己的小小谋略感到满意。因为他并未听到李朝说常家欠李家人命之类的话，这种说法其实在动物园里流传已久，小雄早就知道了。他之所以今天要搬弄这个是非，不过是想让爸爸知道，李家两代人都在向我们挑衅，而他作为儿子已经用拳头捍卫了常家的尊严。作为父亲，也应该起到表率作用。

小雄猫手猫脚跟在妈妈后面，保持十步之遥。大概再走三四分钟就到李大兵家了，对面吵吵闹闹来了好些人。小雄躲到了路灯一侧，看见妈妈一步跨入了昏暗的人群，他听到了爸爸的声音，然后是妈妈与人争执的声音。

为什么抓我男人，你们放开他。

听到这句话，小雄从阴影中闪了出来。渐渐走近的人群中有两个穿制服的警察，走在警察中间的是爸爸。在另一个方位，是李大兵一家三口。小雄觉得迎面挡在路中间的妈妈像一个绿林女杰，她双手叉着腰，要从警察手里救出丈夫。

然而她的飒爽英姿没有得到相应的重视，警察并未与她搭腔，歪了歪肩膀从她身旁过去了。

这时候，少年小雄的英雄气概油然而生。他变成了一只小小的拦路虎，像全菊一样，双手叉着腰，运足了丹田之气，来了一句，李朝，快让你爸放了我爸。

说着，他像离弦之箭，在大伙愣神的时刻，冲进了人群，一把将李朝的手腕擒住，拖到了数米之外的一个灯柱下。

你们如果不放了我爸爸，我就打破他的头。

路灯下，小雄斩钉截铁地发出最后通牒。他的左手臂卡住了比他矮半个头的李朝，右手拿着半块沾着泥巴的红砖。

小雄的架势有模有样，让人觉得稍作迟疑就会手起砖落，他的恫吓起到了作用。

两个警察朝他走来，以引诱的方式劝说道，小朋友，千万别砸。我们没抓你爸爸，我们是找他谈谈话。

那也不行，我要他现在就回家。小雄说。

但实际上，小雄并不会真的把砖头砸在李朝头上。他知道，如果那样做，他就救不了爸爸了。只有在后果没有发生时，威胁才是有效的。一旦砖头落了下来，手上也就不再有牌了。

小雄与警察对峙着，小男孩李朝因为害怕而大哭一气。除了当事人，看客们自动撒到了两边看好戏如何收场。

李大兵在两分钟之后讨饶了，他对警察说，两位我看这样吧，我们两家的事还是自己解决吧，你们看行不行？

警察甲乙对视了一下，默契地点了点头。看样子他们也不想管这种邻里纠纷。

事情就这样解决了，小雄扔掉手里的红砖，将李朝推了个趔趄。然后跑过来，和爸爸妈妈一起回家了。

# 4

动物园是个比较特殊的地方，主角是动物，然后才是人。在一个地方，当动物的数量超过人时，人肯定是孤独的，小道消息在动物园里就像传染病，大家都想找一点谈资打发寂寞。

常李两家发生的事第二天就传开了，大家普遍反应是小雄不简单。遇到常景都说上一句，你儿子真行。常景当然觉得很中听，嘴里却说，小孩子瞎闹呢。

小雄很快也听到了这些话，他有些得意，又有了新主意。过了几天，他设了个圈套把李朝埋在了学校的沙坑里。

那个沙坑是用来跳远的，那天放学，小雄等李朝出来，走上前做出一副要和好的模样。给了李朝一个细钢筋做的弹弓，然后用真诚的语调做了道歉。两个小学生就找了个不引人注目的角落坐了下来，开始促膝长谈。

小雄并非真的想和李朝聊天，他在等天黑下来。

月亮终于出来了，小雄就露出了狰狞的表情，从书包里拿出预先准备好的绳子，用武力把李朝捆成了一只粽子。起先李朝还大叫了几声，可是在小雄的恐吓下，小男孩噤了声。

小雄就把李朝埋在了沙坑里，只让他露出脖子以上的一部分。李朝说，我胸闷，我难受死了。

小雄说，你这是活该，谁让你那么贪心，你以为我真的会送给你弹弓？你这个笨蛋。说着，晃了晃重新回到手中的弹弓。

李朝说，求求你放了我吧。

小雄说，放了你可以，但你得回答我问题。

李朝说，哦。

小雄说，你听说过我们家欠你们家一条人命的话么？

李朝说，嗯。

小雄问，你听谁说的，是不是你爸爸？

李朝说，是听动物园里的人说的。

小雄问，谁？

李朝说，我记不清。

小雄问，他们都是怎么说的？

李朝说，我真的难受死了，你拿掉一点沙子吧。

小雄看了李朝一眼，从他的小脸上看得出他憋得很难受，小雄就用脚从李朝胸前踢开了一些沙子，说，现在你说，别漏了什么。

李朝说，他们说我爸爸本来是双胞胎，有一个弟弟，后来让动物园的老虎给吃了。当时就你爸爸一个人在现场，我爸爸到树林里小便去了，就小便这个工夫，我二叔掉到虎山的河里去了。等我爸爸奔过来，眼睁睁看着弟弟给老虎叼到洞里去了。大家都说我二叔是你爸爸不小心挤下去的，就说你们家欠了我们家一条人命。

小雄说，你相信么？

李朝说，我不知道，那时还没我呢。

小雄显然对李朝的话还算满意，他把李朝从沙子里刨了出来，然后把自己挂到了旁边的一个高低杠上，对李朝说，现在我告诉你，我爸爸和你二叔的死没有一点关系。他们三个人在动物园玩的时候，还有一个人也在场，就是你妈妈。她亲眼看见你二叔在护栏旁一下子不见了，她当时就吓傻了。

李朝说，那时也没有你，你怎么知道的，好像那会儿你在场似的。

小雄说，我是听我爸爸说的，我爸爸恨你妈妈，因为她明明看见了，却从来不出来作证。

李朝说，你说这些干什么？

小雄说，我就想告诉你，你二叔的死和我们家没关系，他是自己倒霉摔下去的，我们家没欠你们家人命，我们家什么都不欠你们家的，我要你记住的就是这一点。还有，别忘了吃了你二叔的那只虎叫孟加拉虎，孟加拉虎知道么？就是我爸爸养的那种虎。今天的事你如果敢告诉你爸爸妈妈，我就让它把你给吃了。

## 5

小雄给李朝松完绑之后就回家了，根本就没想到自己的祸闯大了。李朝当天晚上就发病了，高烧不退，恍恍惚惚，口中不停惊叫，小雄别吃我，小雄别吃我。大人问他话，他眼神直呆呆的，像是被鬼魂控制住了。

李大兵夫妇找上门来兴师问罪的时候，两个人眼睛都哭肿了。因为医生说，李朝这小孩很可能就此坏掉了。什么是坏掉了？就是变成傻子了。对父母来说，就是白养了。

到这种时候，吵架是根本不解决问题的，在几次三番的打打闹闹之后，双方终于坐下来谈判了。

在这个过程中，小雄没少挨揍。有一次，急了眼的常景甚至把鞋底板也打断了。谈判的结果是，陈翠萍暂不再工作，陪李朝去北京找专家看病，误工费和医疗费先由常家拿出两万，如果不够，则补至五万元。

假若出现李朝无法治愈的情况，常家则另外一次性赔款十万元，作为李朝以后的生活费。

达成协议的当晚，小雄的屁股再次被常景的鞋底板打得皮开肉绽。小雄撕心裂肺的叫声似乎把动物园新村的每个角落都塞满了。这顿揍并不过分，它有一个前提，那笔赔款相当于常景和仝菊在动物园白干十年。

故事在这里有了一个转折，一个虽然出人预料但也在情理之中的转折。半个月后，常景一家三口从动物园新村搬走了。失踪前他们偷偷出售了自己的房子和不便随身携带之物。没有人知道他们去了哪儿，这也是他们希望的结果。

# 6

李大兵给在外地的陈翠萍打了电话，通报了常家三口逃跑的消息，顺便问了下儿子治疗的情况。陈翠萍告诉他，李朝的病情控制住了，会不会留下后遗症还不知道，另外她对常家的这种行为无话可说。然后她就挂下了电话。

陈翠萍坐在椅子上，她听见了自己的心跳声，快速地，湍急地，像有一只舟楫一样把她带入陈年旧事中去了。

陈翠萍看见一个清秀的女大学生躺在动物园深处的林荫里，她的身边，是沙沙的树声和远处偶尔传来的动物的喘息，一个高大的青年忘情地注视着她，慢慢地俯下身来，她害羞地笑了，阖上了眼睛。

五分钟后，她后悔了。她哭了，青年安慰着她，说了很多很多话。最后他们离开了，回到了动物园的小径上。很快，有一个矮个子年轻人向他们走来，他找了他们很久，仍来晚了一步。这晚来的一步，意味深长。

写于 2001 年 1 月 29 日

开场白

人们把没有动机的、没有线索的、没有逻辑的杀人事件统称为无头案。一个人走在路上，一个陌生人迎面捅来一刀。既不劫财也不劫色，扬长而去。受害者仰面倒下，横尸街头。这种案子侦破的难度很大，因为它违背了常理，犯罪学的教科书上对此类现象也十分头疼，警方当然更加窝火。

如果我是这样一个人，我仅仅为杀人而去做这件事，而且我的行踪十分杂乱，所杀的人品种不分，男女老幼，穷富贫贱。只要我一时兴起，想玩一玩这种游戏，我就拔出了刀子，我想说整座城市就将为我发抖。

心理学家可能会视我如疯子，但实际上我是一个正常的人。我是一个医生，我是一个业务员，我是一个银行职员。我是一个游戏杀人者，我很满意我的身份，我掌握着你们的生杀大权。

我的一个兄弟在南方某个小城犯了事，后来被抓住，成了死囚。当地最畅销的报纸作了专题报道，我在去内地的火车上知道了这件事，很为他惋惜。我和他素昧平生，之所以称他为兄弟，是因为他杀人的手法与我相似，手起刀落，呜呼哀哉。

但他犯了一个致命的错误，他杀死了一个熟人。

我这个兄弟的身份背景报纸上没有透露，我只知道他是一个落魄的人。这使我想起了李伟，他也是一个落魄的人。我想一个人落魄之后的形象应该说是酷肖的。李伟衣冠不整地出现在我面前，给我递上一根牌子很烂的香烟。他的表情和脸色像枯萎的秋叶。他起先是个技校生，后来为了某女生，使他的情敌致残。他被判入狱三年。刑满释放以后，在新村里搭了一间屋子，借给别人收取租金。居委会制止了他的行动，因为那块地皮不是他的，他就用刀把自己的手指剁掉一截，用它换了那块地皮。

以后他和居委会相安无事。三年以后，另一个新出狱的人如法炮制，在他的屋子对面也搭了一间屋子。居委会去找那个人，那个人也剁下了一截手指。可此人的运气没有李伟好，因为居委会后面跟着一排警察，警察后面站着一辆推土机。那人的手指刚刚掉下来，一匹猎犬跑上前把它吞进了肚皮。然后警察们一拥而上，把他带走了。李伟把这一幕看在眼里，他离开了。过了一个小时他回来，两间屋子都被推倒了。

李伟的老婆叫王晶晶，她为了报仇，去把为首的警察宋成东告了个强奸罪。比较有意思的是，法医果然在王晶晶身体里找到了宋成东的精液。宋成东被判有罪的第二天，李伟的新屋子又造了起来。

从表面上看李伟是一个胜利者，但事情并不是这样简单，为了一间违章搭建的屋子，李伟失去了身体的一部分（一截手指）和名誉的绝大部分（当了乌龟）。

事情还没结束，因为宋成东出狱了。五年的牢狱之灾使他变成了和李伟一样有胆量的人，他找到李伟的第一句话是，我把你老婆杀了。

李伟愣了一下，他用哈哈大笑回答了来者，我一直在等这一天，你把她杀了，除了摘掉了我的绿帽子，别无其他。

宋成东枪毙前给李伟写来一封信说，我知道你是一个阳痿，所以你的儿子是假的。

后来李伟对我说，其实我哪是什么阳痿，我那玩意儿利索得很。但因为那封信，我觉得儿子真有问题了。

李伟的儿子后来溺水而亡，死因不明。

李伟落魄的脸像秋叶一样从列车的窗口飘过。我又想起了那个兄弟，他为什么要去杀一个熟人。我觉得他一定是个生手，如果他仅仅是要杀人，他为什么要杀一个熟人？

报纸上写了一个动机，杀人者是下岗工人，和被害人是多年不见的同学。街头偶遇后，如今事业有成的被害人邀请杀人者到家中叙旧。酒过三巡，被害人昏昏入睡。杀人者环顾四周，被老同学家中奢华的环境所屈服。回想同样人生一场，两个人的日子过得如此不同，阴暗心理使他辣手催命，去厨房取来刀子，对着神情安怡的昔日同窗下了手。

这则消息看后不久，我在列车上遇见了一个陌生人。我这样说似乎有点问题，因为列车上的每个乘客对我而言都是陌生人。可我说的这个陌生人和我发生了一些关系，使他可以和其他乘客区分开来。他是个显而易见的粗鲁之人，如果让他拍戏，不用化妆就能演一个屠夫。他一直坐在斜对面的临窗座位上，和我一样孤身一人。我之所以关注此人，是因为他和强强很像，下面我就来说说强强这个人，也很有意思。

强强是我的邻居李家的二女婿，李家有三个女儿，相隔各一岁。老大最漂亮，嫁给了一个歌舞厅里的小歌星。小妹身材最好，尚未出阁。二女儿的特点是性格柔弱，和五大三粗的强强反差很大。强强和大女婿合伙做水果生意，数年下来，赚了不少钱。但因为买卖平时是强强负责，账目上大女婿总觉得有点吃亏，一开始碍于情面，大女婿也没挑破。后来矛盾越积越深，终于撕破面皮，打完一架后分手。强强单独经营后生意依旧如故，因为平时就是他自己打理。大女婿却是经营上的门外汉，根本不可能自己再去弄一个店铺，而且因为年纪偏大，歌厅里也渐渐不再让他登台。这样一来，大女婿其实就没有了经济来源。他当然是对强强怀恨在心，后来就和老婆沟通好，把强强的女儿绑架了。强强没有报案，用大部分积蓄赎回了女儿。之后歌星夫妇俩就消失了。强强当然咽不下这口气，开始了追踪。两年以后，强强在外省终于找到了两个仇人，立马将大女婿手刃于斯。但他犯了一个致命的错误，他被大女儿美丽的身体征服了。他没杀她，而是在她的勾引下上了床。然后，他们还在一起生活了几个月，直到东窗事发。

强强被处决后，大女儿回到了自己生活的城市。她已怀上了强强的骨肉，而且她似乎也真的爱上了强强，所以她把孩子生了下来。分娩那天她让医院通知了家人，孩子生下来后，她就吞下了预先准备好的剧毒物把自己杀死了。

那个很像强强的男人后来和我有过一次谈话，我们是在两节车厢的中间部分小解时碰的头。他说，你这位朋友很像我的一个同事，刚才我看见你的时候，我还吓了一跳，以为他又活过来了呢。

我说，你那个同事真的和我这么像？

他说，要不我怎么会吓一跳呢。

他就把他那同事的故事也讲了一遍：

我那同事叫程培龙，是我们厂的电焊工。他看中了厂花杨芯，发动了追求攻势。后来还真追到了手。杨芯和他结婚后，一直没孩子。程培龙陪她上医院去查，医生诊断后说杨芯过去打过胎，卵巢受过损伤，可能很难有孩子了。程培龙就问杨芯那个人是谁，杨芯抵挡不住，只好供出了她过去的那个情人。程培龙找到那个人，揍了他一顿后，把他的那个割掉了。那人变成了男不男女不女的东西，一时想不开就自杀了。这件事完全是在民间发生的，也就是说没有惊动官方，本来也可以说是结束了。可那个人自杀以后，经常托梦给杨芯，把自己遭遇的不幸说给杨芯听。后来杨芯就相信了，去报了案。但警察不能用什么托梦去判断一个人有罪，而且因为死者已经火化，没证据说明程培龙与那个人的死有关。杨芯就不停上告，别人就开始把她视作疯子。在这个过程中，她和程培龙的婚姻关系也解除了。奇怪的是，不久以后，我们看见杨芯的肚子慢慢大了起来。程培龙认为杨芯肚子里肯定是自己的孩子，就提出了复婚。杨芯却说怀的是那个人的孩子，是那个人在梦中使她怀了孕。这样一来，大家都对杨芯的发疯不再怀疑。时间一天天过去，杨芯终于生产，生了一个儿子，长得和死去的那人一模一样。大家觉得不可理喻，看见杨芯都躲得远远的，觉得她是鬼魂附体的人。后来杨培龙莫名其妙死在了车间里。当时他正在干活，没有任何先兆，就惨叫了一声，两只手护住裤裆，重重地摔在了地上。他身上一点伤都没有，那儿却空掉了。你说这个故事是不是很玄？

这个长得很像屠夫一样的男人说完这个故事就回到自己的座位上去了。

列车驶入黑夜，乘客们在不能抵挡的倦意中昏昏入睡。我也不例外，瞌睡虫爬在我的脸上、胸前和肚脐上，让我全身麻痹。我睡在梦乡之中，头歪在肩膀上，口水开始流下来。

一只手在我的双腿之间轻轻地摸了一摸，然后一个身影悄然退离。他这个举动出乎我的意料，但我没有睁开眼睛。

对此次西行，我对自己说，我将一去不返。从此以后，我将作为一个人的影子活着，无影无踪直至虚无。

一路上，我认识了一些陌生人，听到了一些稀奇古怪的传闻和流言。我把我知道的故事和他们交换，然后那些人（包括列车上那个摸过我裤裆的人），都在某一个瞬间从世界上消失了。

　　没有人知道他们是谁，谁杀死了他们。

　　这里还有一个故事，发生在我离家不久前的夏天。

　　有个叫单真的人，杀死了一个叫单小真的人。从名字上就可以看出他们之间有着亲密的关系。没错，后者是前者的女儿。单小真死的时候肚子里还有一个已成形的女婴。事情同样有它的前因后果。单真年轻时强奸了一个女人，后来生下了单小真。女人死于难产，单真就把单小真抱了回来，此后没有再结婚。女儿长大成人以后与她死去的母亲长得一模一样。有一天单真酒醉后昏了头，回到了若干年前的那个夜晚，重演了那出戏。这次罪孽就更加深重了。单小真因为是被击昏后遭到强暴的，一直不知道袭击她的是亲生父亲。她这时已有了一个即将结婚的恋人，而且已委身于他，所以她并不清楚自己的怀孕是由谁而起。她和恋人如期结婚，搬出了自己的家。单真自从干了那件事，一直十分内疚，因为强奸的毕竟是自己的女儿。他决定杀死单小真然后自杀，后来他找了一个机会真的这样做了，手起刀落解决了女儿的性命。但在自杀的时候，对自己却下不了手。于是他去找他女婿，把事情原原本本告诉他，希望女婿可以杀死自己。但女婿杀不了他，这个懦弱的男人听完他的叙述后脚都软了，单真一怒之下就把女婿也一并杀了。可他自己还是没有死成，他就成了一个城市里的游戏杀人者，解决了许多无辜的路人。直到最后在一个自卫的小伙子面前失手，被对方夺了刀子，反手一刀，变成了一具尸体。

好了，故事先说到这里，经过长途旅行之后，我现在已经下了火车，来到了人群的中间。

写于 2000 年 6 月 16 日

沉默的千言万语

无论哪个角度看，这座爬满了爬山虎的房子是不引人注目的。多少年以前，桂小龙住在这里，多少年以后，桂小龙仍住在这里。一切说明，时代转换了，桂小龙的生活并没有改变。在这条弄堂里，陈旧而慵懒的日子是大家习以为常的。只有一些死去的人与狗，一些出生的人与狗，代表这里进行着新陈代谢。

　　可是动迁马上就要来了，小巷里平静的生活就要像推土机推过的房子一样不复存在了。对于这一刻的降临，人们期盼已久。动迁后就有宽敞明亮的新房子住了，大家在焦急中等待着美梦成真。

　　桂小龙的儿子桂岗首先行动起来，提着一把菜刀下了楼。没过多久，他重新回到家，对正站在水龙头前洗菜的胡菊红说，妈妈，我把爬山虎的根搞断了。

　　胡菊红吃了一惊，她看见儿子手里果然拿着粘着泥花的菜刀。她的脸一下子阴沉下来，口气坚硬地对桂岗说，谁让你拿刀的，这是小孩可以拿的东西么？

　　桂岗委屈地说，反正这儿要拆了，爬山虎又带不走的。

　　胡菊红上前把儿子手里的菜刀夺过来，扔进水槽里，抓住儿子的左手，顺势抓起筷笼里的竹筷打了下去。

钻心的疼痛让桂岗流出了泪水，他哭着出了门，黯然神伤地站在弄堂口，看着那株刚刚被斩断了根部的爬山虎。一念之间，爬山虎的叶子似乎全部耷拉了下来，死亡流经了它的每一寸经络，像有一股力量将它的叶片往下扯。桂岗的眼泪顺着鼻子流了下来，他抽泣着，把一部分泪水吸进了鼻孔。

桂小龙在弄堂口出现了，看见父亲走过来，桂岗慢慢站起来去与父亲会合，这个画面富有寓意，因为这对父子长得太像了。作为一个旁观者，你完全可以把它看成是一个男人正在走向自己的童年，或者，一个男孩正在朝向自己的未来走去。在他们中间，时间变得十分滑稽，不过是一面可以穿透的岁月的镜子罢了。

桂小龙握住儿子的左手，停了下来。他的左手心也隐隐作痛，他与桂岗之间一直保持着这样一种感应。儿子的痒痛，不管相距多远，都会同一时间在他身体的同一部位反映出来。桂小龙起初对这一现象怕得要死，有一种魔法附体的感觉。但和他长得越来越像的儿子使他接受了这一事实，并且把它视作父子情深的写照。只是他希望与儿子身体上的这种联系仅仅到此为止，千万不要在死亡的时候也如影随形。可此事却又难以预测，它实际上已成了桂小龙内心中一块隐秘的阴影，埋藏得很深，冷不丁在梦中变成一只怪兽咬他一口。

桂小龙用袖口把桂岗的眼泪擦去，问儿子道，谁打你了？

桂岗说，我把爬山虎的根斩断了，妈妈就打我了。

桂小龙一愣，回头去看，爬山虎的根末梢正好被一阵弄堂风刮了起来。桂小龙说，你为什么要把它弄死呢？

桂岗说，反正这里要拆房子了，它总是活不成的。

桂小龙说，你也不要这么急嘛。

桂岗说，妈妈打我是因为我搞爬山虎的时候拿了一把菜刀。

桂小龙说，你拿菜刀是不对的，那有多危险。

桂岗说，我知道了，可妈妈打我太重了，我的手现在还疼呢。

桂小龙说，妈妈打你是为你好。

桂小龙嘴里这么说，心里也有些恼火，他刚才在给一块毛料划裤样，突然左手心一阵针锥般的疼痛，使他几乎握不住划粉。这种来历不明的伤害对桂小龙来说并不稀奇，因为他的调皮儿子隔三岔五会来点磕磕碰碰，相应地，他也会吃到隐形的皮肉之苦。方才的手掌之痛让他这个大人都有点承受不了，他仿佛看到了儿子咧开了嘴的哭脸。就把手里的活交给了徒弟小马，离开裁缝店，来找儿子。

腕表上的时间告诉他儿子已经放学，这样就排除了幼儿园老师体罚儿子的可能。疼痛的部位告诉他，那是硬器击打所致。桂小龙就想到了胡菊红，她有打桂岗手心的习惯。当然她不太打儿子，每次下手，都以手心作为目标。手心是人体的薄弱环节，落在皮肉，痛在心尖，每次都会让桂岗痛得双脚跳起来。

桂小龙对妻子这一招十分反感，告诫道，你可以打他屁股，但不要打手心。

胡菊红说，打屁股他能记得住么？

桂小龙说，可你要知道打他就等于打我，我是靠手吃饭的，打坏了怎么办。

胡菊红说，你有那么娇贵么？再说，养不教父之过，你没管教好儿子，就该一起打。

说到这里，胡菊红扑哧一声笑出来，你们爷俩还能放在一块儿打，让我怎么管儿子呀。

这样争执过后，胡菊红打桂岗的次数更少了。桂小龙回忆了一下，手心至少有两个月没疼过了。可好景不长，胡菊红今天又故伎重演了，而且这次她打得这么重，她好像从来没有打得如此重过。桂小龙急急忙忙往回赶，他的裁缝店离家只有十几分钟的路程。一会儿，他就看见了儿子，与他长得一模一样的儿子。他果然蹲在那儿哭丧着脸，看见父亲才慢慢站了起来。

桂小龙带着桂岗到江边转了一圈，给儿子买了一袋膨化饼干。这是桂岗最爱吃的食物，他们在外面逛了一个多小时，然后回到家里。

这一个多小时的消磨，对桂小龙来说有两个意图，其一，安抚一下儿子，其二，平息自己的恼火。第二点尤其关键，每次胡菊红打儿子他都会按捺不住跟她吵一架。今天他想测试一下自制力，从多次的口角中他得出一个真谛，即夫妻之间的吵架是毫无意义的，效果绝对不如心平气和地把异议表述给对方听好。可人有点火气又是在所难免的，桂小龙用散步的方式把它渐渐浇灭了。他带着儿子回到家，像什么事都没发生一样。他准备晚饭后就此和胡菊红好好聊一下，然而他的计划被胡菊红脸部的表情弄没了。他不知道发生了什么，胡菊红见到他一句话也不说，似乎有一肚皮怨气。他问了几次，都给他吃沉默汤团。他无名火上来了，强忍着才没发作。直到晚上安排好桂岗睡下，胡菊红才叹了一口气，心事重重地说，今天我看见刘永了。

桂小龙愣了一下，你是说……

胡菊红点了点头说，今天我在电话间那儿看见他了，不过他好像没看见我。

桂小龙说，时间真快，转眼过去六年了。

胡菊红说，你看岗岗都这么大了，刘永进去那年，岗岗还没出生呢。

桂小龙说，你今天憋着不说话，别就是因为刘永吧？

胡菊红说，我愁都愁死了，你好像没事人一样。

桂小龙说，刘永放出来关我们什么事呀，让你那么不高兴。

胡菊红说，你这是装不明白呢，还是真不明白？

桂小龙说，你这么说我真犯糊涂了。

胡菊红说，那你别连刘永是犯了什么事进去的也忘了吧。

桂小龙说，那我怎么会忘呢。

胡菊红冷笑了一下，你觉得那和你没关系么？

桂小龙说，你都在说什么呀。

胡菊红说，你是运气好。

桂小龙说，你就别提那事了，我觉得脸红。

胡菊红说，你还知道脸红？想想你当时都对我干了什么。另外，你居然还好意思把这种事去说给别人听，世界上还有像你这样傻的男人么？

桂小龙说，我也就是酒后失言，告诉了刘永，没想到他真听进去了。

胡菊红说，你们男人都是一票货色。

桂小龙说，你说话轻一点，外面好像有人敲门。

胡菊红说，做贼心虚，哪有什么人？

桂小龙说，时间过去了那么久，你怎么又旧事重提呢，我们现在不是生活得很好。

胡菊红说，可我根本就没有忘记那件事。

桂小龙说，那你总不能去把我告了吧，你再想想，这些年来我对你怎么样。

胡菊红说，这次刘永被放出来，把我的计划都打乱了，原本想动迁以后搬得远远的，让他再也找不到我们。可他怎么就在这个时候出来了，他不是还有两年么？

桂小龙说，可能表现好提前释放吧，刘永不会在外面瞎说我们什么的。

胡菊红说，你去外面看看吧，好像真有人敲门。

桂小龙离开桌子，走到外室，问了一声，谁呀？

是师兄么？我是小永。来人回答。

桂小龙把门打开，昏沉的门廊外站着他的师弟刘永。他故作惊讶道，小永，几时回来的？

桂小龙的问话中用的是"回来"而不是"出来"，这是一种很微妙的修辞。

刘永跨前一步，他留着板刷头，面容有点憔悴。与过去相比，消瘦了些，使他显得更加细长。他手指交错，双手摆在身前，僵硬地笑了一笑。

上午，上午刚回来。

刘永的回答也顺理成章地用了"回来"。

桂小龙热情地攀住刘永的手臂，说，快进来，进来坐吧。

转身的间隙，桂小龙不经意地发现里屋的门被轻轻抵上了。当然这是胡菊红所为，她并不想和刘永见面。

桂小龙可以肯定的是，胡菊红关门的动作是他与刘永刚开始谈话的那一刹完成的，刘永并没有注意到这个细节。

刘永坐下后问道，阿菊呢？

正在倒茶的桂小龙回过头来说，噢，她和岗岗已经睡了。

一杯热气腾腾的茶在刘永面前摆好，桂小龙与刘永隔桌而坐，问道，小永，晚饭吃过了么？

刘永摇了摇头，还没呢。

桂小龙一愣，他这句话只是礼节性的寒暄，刘永的回答让他别无选择。他说，那我去做几个菜，咱哥俩随便吃一点吧。

刘永说，阿龙你不必忙了，我们还是去老地方坐坐吧。

刘永说的老地方，桂小龙当然知道，那是码头边的一个小饭馆。过去他们一起当学徒的时候，常去那儿小酌。教他们手艺的是刘永的父亲，桂小龙比刘永大一岁，被称作师兄，刘永排行老二，后面还有个师妹，就是现在桂小龙的老婆胡菊红。

刘永既然提议要去那个小饭馆，桂小龙是不好拒绝的。他答应道，也好，那我们走吧。

刘永说，要不要跟阿菊说一声呢？

桂小龙说，算了，她已经睡了，我们走吧。

两个人出了门，朝目的地走去。这段路距离桂小龙家并不远，步行也不过七八分钟。桂小龙问刘永，你怎么这么晚还没吃晚饭？

刘永说，下午我去郊区看我爸了，天黑才赶回来。我寻思好要和你一起吃晚饭，所以急着往回赶，可路上车堵，还是晚了。

桂小龙点了点头，没吭声。

刘永说，我爸的墓修得不错，这件事多亏了你。

桂小龙说，应该的，他是我师傅嘛。

刘永说，他是被我气死的，我是个不孝子啊。

桂小龙指了指前面不远处的一个饭馆，说，到了，你看它，一点没变，我也有一段时间没来这儿了。

两个人进了小饭馆，因为过了夜市时间，店里顾客很少。店主也是附近居民，六十来岁，姓马。个头很大，腰果脸。马老板认识桂刘二人，也知道他们的关系。刘永判刑的事在这一带妇孺皆知，马老板当然也不例外。所以看见刘永进来，他愣了一愣。短暂的辨认之后，他肯定了自己的判断，这不是刘裁缝家的小永么？回来了。

刘永朝马老板不自然地笑了笑，是我，谢谢你还记得我。

马老板说，过去你不是常和你师兄来这儿吃饭么，我记得清清楚楚，总是两荤一素，外加一瓶特加饭。

桂小龙说，马老板真是好记性。今天我们多来两个菜，酒就免了。

刘永说，那怎么行，老样子，特加饭。

桂小龙说，你肚子是空的，就别喝了吧。

刘永说，好几年没见面了，怎么能不喝酒呢。

桂小龙说，那样的话，你先来碗蛋炒饭打一下底，我们再慢慢喝。

刘永说，行，马老板，就照我师兄说的办。

师兄弟找了个临窗的位子坐下，桂小龙说，其实我刚吃过，主要是你吃，我陪你说说话。

刘永突然眼圈红了，把头低下去，说，阿龙，我这官司吃得可真有点冤枉。

桂小龙把目光移向了街景，不知如何应答刘永。

蛋炒饭端上来了，刘永大口大口地吃着。桂小龙看着他，似乎又像在看他的身后。他的目光是不确定的，他在刘永面前好像真的有一点迷失。

好吧，开始喝酒。刘永吃饭的速度还像以前那样快，一阵狼吞虎咽，碗就见了底。他把饭碗朝旁边一搁，取来酒杯，给桂小龙斟上一杯，给自己也倒满。

桂小龙游移的目光集中到酒杯上，将它端起来，与刘永碰了一下，然后喝了一口。

刘永却一仰脖，全灌进喉咙里去了。

桂小龙看着刘永，说，小永，别这样喝，这样会醉的。

刘永抹了抹嘴，好久没碰酒了，嘴有点馋，接下来我保证慢慢喝。

下酒菜端上来了，三荤两素，小餐桌看上去还算热闹。刘永吃了几口菜，高声说，马老板，你这儿的菜一点都没变样，味道还那样好。

马老板笑着说，你们慢慢吃，慢慢吃。

桂小龙捡了一块炒腰花，一边咀嚼，一边含糊地说，小永，今后有什么打算呢？

刘永说，还没完全想好，不过老本行是不想干了。

桂小龙说，也是，如今裁缝这一行，饭是越来越难吃了。大家都去买现成的穿，做衣服的人越来越少了。

刘永说，不谈这个了，喝酒，喝酒。

桂小龙回到家中时已近零点。在这之前，他和马老板店里的一个伙计一起把烂醉如泥的刘永送回了家。其实刘永喝得并不多，可能是久不沾酒的缘故，他的身体已不能抵挡酒精的侵袭。桂小龙推开里屋房门，惊讶地发现胡菊红还没睡，而是坐在沙发上想事。看见他推门进来，胡菊红语调低沉地问道，他开口借钱了？

桂小龙奇怪地看着老婆，她的未卜先知使他张口结舌，他说，你怎么知道的？

胡菊红说，那还不明摆着的，他刚出来，干什么不要钱呀。他家里除了退休的老娘，又没别的人，不向你这个师兄开口，向谁借去呀。

桂小龙说，既然你猜到了，你准备怎么办呢？

胡菊红说，我倒要先问问你，你是怎么回答他的。

桂小龙说，我还没和你商量过，怎么答复他呢。

胡菊红说，他说要借多少呢？

桂小龙说，他没说，而且他也不是马上就要借，他只是可能需要钱，但要等到落实了派什么用场以后。

胡菊红把声调提高了一些，桂小龙，不论他借多少，几时借，你都要知道，这钱一旦出手了，就再也要不回来了。

桂小龙说，你轻一点，会把岗岗吵醒的，你凭什么说这钱就一去无回了呢？

胡菊红说，你相信我的直觉，刘永保证会在一个星期内来借钱，而且数目一定不会少。

桂小龙说，你怎么这样肯定呢？

胡菊红说，你这人是不是少一根筋，我们有个把柄在他手上呢。

桂小龙说，你这样一说，好像刘永不是来借钱，而是来敲诈的。

胡菊红说，还不是你造成的，如果不是因为有你这样一个好榜样，刘永怎么会犯混干那种事呢。

桂小龙说，反正我和刘永都是混蛋，只不过我的运气比他好。

胡菊红说，我等你到现在是想告诉说，我是不同意借钱给刘永的。但我们可以送给他一千块钱，这等于我们家两个月饭钱了。你也知道家底，要是他真的张口借个二万三万的，可就不好办了。这儿马上要搬迁了，我们总要装修一下房子，换套家具什么的吧。

桂小龙说，那送他一千块钱算是什么呢？总得有个名义吧。

胡菊红说，明天你让他来家里吃饭，我来跟他说。

第二天，桂小龙没能找到刘永，他家里只有在看电视的老母亲一个人。老人对桂小龙说，刘永一大早出门了，走的时候酒还没完全醒，也没说要到哪里去，只说要出去几天。老人在说这些话的时候，眼角湿漉漉的，看上去十分忧心忡忡。她和桂小龙闲聊了几句，最后用恳求的口吻说，小龙啊，你是他师兄，看在死去的师傅面上，你要多关照关照小永，不能让他再干出什么犯法的事来了。

桂小龙答应着，退出刘家。自从师傅去世，他来这里的次数越来越少了。其实两家一个在弄堂头一个在弄堂尾，往来也不过几分钟。但疏远仍然发生了，来自胡菊红的絮叨是导致桂小龙疏远刘家的主要原因。桂小龙并不像胡菊红说的少一根筋，他恰恰是个清醒的人，他理解胡菊红这样做的用心。他只是做出一副木知木觉的模样，因为他知道自己在整个背景里也是不光彩的角色。

刘永在出门四天之后重新出现在故事之中，这天下午他来到了桂小龙的裁缝店，身上仍然有一股酒气，似乎那天晚上的醉意尚未散尽。他靠在门框上，对桂小龙说，阿龙，你来找过我？

桂小龙看见他，丢下了手里的活儿，说，小永，你上哪儿去了？我到你家去过，连师母都不知道你的下落。

刘永说，你出来一下，找个地方跟你说。

桂小龙说，你稍微等一下，我把这件衣服裁完。

刘永在旁边站了一会儿，漫不经心地说，看你这儿，衣服挂得满满的，生意还不错。

桂小龙说，都是一些老客户，比过去已经少多了。

刘永说，你现在好像很忙，要不我先回去了。

桂小龙说，我马上就好，马上就好。

刘永说，我还是先回家睡一会儿，你忙吧。

桂小龙说，那样也好，看你眼圈都有点黑了。

刘永说，这几天是睡得少了些。

桂小龙说，晚上来我家吃晚饭吧，阿菊的意思。

刘永点点头，沉默地笑了一下，转身离开了。

几分钟后，桂小龙去公用电话间给胡菊红挂了个电话。胡菊红在街道办的丝绒玩具厂上班，那个单位主要给外贸公司加工订单，生意随淡旺季波动。时值初夏，是一年中相对空闲的时段，不必像旺季时频繁加班，胡菊红每天可以准时回家做饭。桂小龙给她通话的目的是让她多加几个菜，交代完，就重新回到了裁缝店。

桂小龙的裁缝店有两个学徒，小马和小金。桂小龙的任务是划好衣样，缝纫以及下面的工序由学徒完成。这有点像刻字店的流程，师傅在印章上描红，完了让学徒去刻。

小马和小金都是二十来岁的小伙子，来自郊区，晚上睡在店后面的小间，吃饭则在隔壁的一家小饭馆搭伙。桂小龙没有招女学徒，这是他深思熟虑后的决定。

桂小龙在工作台前忙碌着，他是这一带小有名气的裁缝，干这一行不可能一夜间大红大紫，要假以时日才能做出口碑。人们说饭店赚钱是一碗一碗炒出来的，裁缝赚钱就是一针一针缝出来的，都是无捷径可走的生意。

桂小龙的左腿突然被不疼不痒地踢了一下，他停下了手里的活，弯腰去挠了挠。不必说，这又是桂岗。按照那一脚的分量，桂小龙可以判断儿子正在和幼儿园某个同学打闹。

此刻，桂岗真的如他父亲所猜测的那样，与班上的胖墩李纠缠在一起。这种男孩之间的搏杀在幼儿园里司空见惯，没有来由，打完拉倒，更像是一种游戏。

幼儿园放学的时候，胡菊红出现在桂岗的视野里，她从老师手里接过儿子的小手，如同取走一件寄存物。

桂岗看见胡菊红拎着一只装着蔬菜和鱼肉的马甲袋，抬头问，妈妈，你怎么买这么多菜呀，有客人？

胡菊红说，是的，有个叔叔要来。

桂岗问，我认识么？

胡菊红说，你不认识。

桂岗问，他是谁呢？一定住得很远吧。

胡菊红不知可否地瞪了他一眼，桂岗知道妈妈的脾气，这说明她有点不耐烦了。桂岗就不再多问，跟在胡菊红身后，像一只幼犬一样东张西望，心不在焉。

在自家外墙前桂岗停了下来，自从他把爬山虎根部斩断后，每天上学前后都会站在那儿观察一下。应该说，植物衰败的速度使桂岗非常震惊，另一方面，枝蔓和叶片的枯朽又让他十分迷恋。这个男孩具有同龄人共有的破坏欲，死去的爬山虎在他眼中就是被征服的世界。他的小脸上露出一个得意的坏笑，一扭头，看见桂小龙从弄堂那头走了过来。

爸爸。桂岗一路叫着奔过去了。

桂小龙是回来帮胡菊红一起做饭的，这也是方才电话里预先说好的。弄出一桌像样的酒菜并不是件简单的事，桂小龙虽不是这方面的好手，至少可以做个下手，让胡菊红效率提高一些，毕竟离傍晚已经不远了。

桂氏夫妇在厨房里忙活的时候，桂岗又跑到门外去了。他似乎对死去的爬山虎深情难割，总想站在那儿多看一会儿。也许他对自己的催命术觉得有趣，或者产生了些微的忏悔，都未可知。

桂岗后来就看见了刘永，他起初并不知道这个陌生男子就是家里的客人，桂岗不过把他当作了一个穿堂而过的路人。可这个男子却注意到了他，惊异地盯着他看，俯下身来，对他说，你是岗岗吧，和你爸爸实在太像了。

桂岗犹疑了一下，小脑筋想了想，就朝家里喊起来，爸爸妈妈，客人到啦。

刘永迈进桂家的门槛，看见忙碌中的胡菊红，他说，阿菊，你好。

胡菊红表情不自然地笑了笑，说，小永来了，进去坐吧，阿龙在等你呢。

餐桌上菜已基本上齐了，桂小龙正在码放筷子和调羹，腰际还扎着尚未解下的围兜。刘永说，知道你们这么忙，我就不来了，我又不是什么客人，用得着这样隆重么？

桂小龙说，你刚回来，为你接风嘛。

刘永说，我在门口看见岗岗了，从没见过有你们这么相像的父子，实在太像了。

桂小龙说，我可不希望他那么像我，我这个爸爸又没什么出息。

刘永说，你这话不对，儿不嫌母丑，狗不嫌家贫，哪有儿子……

桂小龙说，我说的不是那个意思，我是怕他以后和我一样也当个小裁缝。小永，坐吧。

胡菊红端着一大锅汤进来，把它放在桌中央。屁股后面跟着桂岗，小男孩朝刘永害羞地笑，然后在餐桌边坐了下来。

大家落座。

这顿饭的气氛始终是凝重的，就像有一缕一缕不均匀的空气越积越厚，使每个人的每个发音都透着压抑。桂氏夫妇除了不停夹菜劝杯，都是枯燥而毫无章法的话题。由于共鸣的丧失而引起的沉默背后，蕴藏的却是千言万语。

桂小龙一直试图打破尴尬的局面，他不断挖掘新的谈资，效果并不好，几个来回之后，一个话题就进行不下去了。然后又是一块空白，直到桂小龙重新打开一个话头，大家再说上一段。

乏味而难堪的晚餐终于接近了尾声，胡菊红把预先准备好的信封拿了出来，这是晚餐中最重要的一环。胡菊红对刘永说，小永，这是我和你师兄的一点心意，我们也帮不上你大忙，如果你不嫌少，就收下来买点烟酒。

刘永看着递过来的信封，似乎并未有大的吃惊，他哦了一声，把信封接过来，放在桌边，说，既然是你们一片心意，我就收下了。说实话，我也知道只有你们会帮我，还认我这个师兄弟。

刘永的泪水在眼眶里若隐若现，胡菊红说，阿龙，你陪陪小永，我陪岗岗去睡了，明天一早还要去幼儿园。小永，你慢慢喝。

胡菊红就把岗岗带到里屋去了。

这边，就剩下了桂小龙和刘永，师兄弟两个又喝了半晌。微妙的是，由于胡菊红的离开，空气中凝重的成分减少了许多。起先较为拘谨的刘永话多了起来，加上酒精开始作用于大脑，使打开了话匣子的刘永舌头上像安上了一个马达，变得喋喋不休起来。

你问我这四天去哪儿了？我告诉你，我去找她了，虽然很难找，可我还是找到了。

桂小龙明白刘永说的"她"是谁，但他仍然不相信自己的耳朵，反问了一句，她，你说的是谁？

刘永说，还有谁，当然是韩莉。

桂小龙刚准备举起的筷子立刻放下了，整个脸色都变了，你疯了，你去找她干什么？

刘永露出奇怪的神情，反问道，她让我吃了这么多年官

102

司，我就是要去找她。

桂小龙说，你没干什么蠢事吧。

刘永压低了声调说，我原来打算再干她一次，可是……

桂小龙嘴巴和眼睛都张大了，一把拉住了刘永的手，紧张地朝里屋看了一眼，说，我们出去说。

两人来到江边，在一只废弃的旧锚上坐下来，刘永说，阿龙，你别害怕，我其实什么也没干。

桂小龙说，问题是你想那么干。

刘永的目光在桂小龙脸上审视着，露出一副嘲讽的腔调，说，你在这个问题上没有资格说我吧。

桂小龙说，是的，我知道。

刘永好像是自言自语地说，韩莉没过去那样漂亮了，看见我，好像也不吃惊，也不害怕，好像知道我迟早会去找她的。

桂小龙说，你进去以后我就再也没见到过她，你是怎么找到她的？

刘永说，她实际上住得离我们并不远，但我确实费了很大劲，兜了一个大圈子，最后把她从茫茫人海中找了出来。

桂小龙说，她现在好么？还在做幼儿园老师？

刘永说，她现在是保险推销员，我第一眼看见她时几乎没认出来，又黑又瘦的，与过去那个水灵的韩老师判若两人。

桂小龙说，幸亏她现在变丑了，否则你……

刘永说，情况并不像你想象的那样，其实我去找她的时候，脑子里只有怨恨，我只想再干她一次，好不好看已经不重要了。

桂小龙说，你用刀威逼她了？

刘永说，没有，我敲开她家房门，她刚起床。看见是我，本能的反应是要把门关上。但已经来不及了，我的力气她抵挡不住，我进了门。她刚离婚不久，一个人住在一居室的工房里。我进去后，她就往后退，一直退到大橱一角。我问她，你还认识我么？她点点头，好像一下子镇定下来。对我说，你是刘永。我说，你知道我为什么来么？她摇了摇头，又点了点头，说，你恨我。我说，是的，我恨你。然后，我就上前扯她衣服，她躲闪了几下，平静下来，似乎对我的动作无动于衷。我非常容易地就让她在我面前光了身子，可我的身体却一点反应也没有。我很恼火，责问她为什么不反抗，她一句话也不说，眼泪慢慢流了下来。

桂小龙说，你没有伤害她吧？

刘永摇摇头说，我让她把衣服穿好了，再也没碰她，我想起过去的事，眼泪也控制不住地往下流。我对她说，你第一次到我们裁缝店来的时候，我就喜欢上了你，为你做衣服我是最用心的，因为我想讨好你。可我知道，在你眼里我不过是个没什么出息的小裁缝。我之所以对你做了那件事，只因为我想娶你。如果不那么做，我就一点机会也没有了。她静静地听着，一句话也不说，我就继续对她说，如果没有那件事，我一直追求下去，最后会成功么？她摇了摇头说，不会。

桂小龙说，我早就提醒过你，韩莉和我们不是一种人。

刘永看了一眼桂小龙说，可阿菊已经被你捷足先登了。

桂小龙说，陈年烂谷子的事了，你就不要再提了。

刘永叹了口气，你的运气确实比我好。

桂小龙说，我和阿菊的那件事不是冲着你的，我不知道你也喜欢阿菊。

刘永突然咆哮起来，你他妈的真不知道么？你是怕我跟你抢，你才先下了手。

桂小龙说，事情并不像你想的那样。

刘永说，算了吧，你不过是碰到了一个不愿告发你的女人……

写于 2000 年 3 月 22 日

二分之一的傻瓜

蔡这把自行车搬进屋子，气呼呼在板凳上坐下来。陈亚娟见他这副样子，摆出数落他的架势说，又出什么事了，一脸晦气相，你怎么就不能弄张好脸让人瞧瞧呢？

蔡这朝陈亚娟乜斜了一眼，你看你那张脸，就比我好看么？说完，掀开竹帘径自走进里屋去了。

陈亚娟忙跟进来，换了一副口气，和颜悦色道，那我好好问你，究竟出什么事了，让你不高兴？

蔡这不耐烦，朝她挥了挥手，告诉你也没什么意思，也不是什么大事，你还是别知道的好。

陈亚娟一听，声调又高起来，你还当我是你老婆么？有事老想瞒着我。

蔡这说，你这女人忒烦，就不能让我清静一会儿。

陈亚娟说，我让你清静了，自己就会憋死。不行，你得告诉我出了什么事。

蔡这说，我总有一天让你给折磨得疯掉。今天下班在居委会门口遇到马阿姨，她说蔡那毛病又犯了。这次他闹到马路上去了，马阿姨中午看见他在红绿灯那儿学交通警指挥交通呢。

陈亚娟大笑起来，她捧着肚子，眼泪也笑了出来。

这个傻瓜，他怎么想得出来？

好笑么？蔡这朝陈亚娟狠狠瞪了一眼。

是的，很好笑。陈亚娟直起腰来说。

蔡那是我弟弟，也是你弟弟。蔡这说。

我和他没关系，他是个傻瓜，我为什么要和傻瓜有关系。陈亚娟说。

我俞你妈。蔡这一边骂一边站了起来。

你骂谁？陈亚娟把面孔凑到蔡这面前。

你。蔡这一把将她推开。

你居然为了一个傻瓜骂我。陈亚娟说。

他是我弟弟，你他妈的没权利取笑他。蔡这又来到外间。

蔡那不知何时已回来，坐在八仙桌旁，笑嘻嘻望着他的兄嫂。怀抱足球的蔡小陈也一起回来了，他看着脸色铁青的爸爸妈妈，知道他们又吵架了。

蔡这在八仙桌的另一侧坐下来，对蔡那说，听说你去当交通警了？

蔡那点点头说，对啊，我站在马路边上。车子过来，我就把手一举，可好玩了。

蔡这说，我刚才来找你没找着，你是不是在东四路口当交通警呢？

蔡那说，你来找我的时候，我去围墙那儿撒尿了。

蔡这说，以后别当交通警了，车子不长眼睛，危险。

蔡那说，不，我要去，我喜欢当交通警。

蔡这叹了口气，他看着可怜的弟弟，莫名的哀伤席卷而来。蔡那呆滞的眼神告诉他，弟弟是一个生活在虚幻里的人，他们之间的交流绝大部分时候其实并无意义。但他想成为一个好哥哥，他得照顾这个弱智的同胞手足，因为他们共同的父母已不在人世，如果他不关心弟弟，别人就更不会关心他了。

蔡那虽然是个愚昧的人，不过还是知道谁对他好，谁对他不好。这一点，蔡这心里也是清楚的。正因如此，他不止一次地告诫陈亚娟，你不能老是恶声恶气对待我弟弟，他也是有情感的，也是有自尊心的。他只是思维上有点缺陷，哪个人敢说身上就一点缺陷都没有呢，你陈亚娟左手生了六指，结婚这么多年，我拿这个来取笑过你么？

为了弟弟，蔡这与陈亚娟之间的争执从没有中断过。尽管蔡这竭力捍卫弟弟人格的尊严，却没能使陈亚娟对蔡那的歧视有丝毫改变。这无疑伤害了他们夫妻感情，也使蔡这感到非常苦恼。

所以对今天蔡那到马路上去指挥交通的事，蔡这压根不愿意向陈亚娟提。他知道她听到后会产生什么样的反应，他太了解自己的老婆了。他不能说陈亚娟是个坏女人。从为人妻为人母的角度看，应该讲陈亚娟还是过得去的。她很勤快，几乎把家务事都包干了。对儿子，更是差不多把一颗心全掏了出来，若不是那张抹布一样的破嘴，她差不多够得上是模范主妇了。

她的破嘴害了她，把她给毁了。她本来在一家效益很好的化工厂上班，刚进厂那会儿还当过团支部委员。可她那两片爱搬弄是非的薄嘴唇把她渐渐弄到同事们的对立面去了。她得罪了几乎全车间的人，先是在团干部改选中落选，最后被调离了化验间的岗位。要知道那可是全车间最舒适干净的活，白大褂一穿，同医务室的厂医没什么区别。她跑到车间主任那儿去闹去哭，可已经无济于事。领导决定让她去翻三班，与危险的锅炉和气味很重的化学品相伴。但她爱嚼舌头的脾气一点没改，她成了一个人人讨厌的碎嘴老妈子。终于，在化工厂效益开始滑坡的时候，她成了第一批被安排回家的下岗工人。然而这次挫折并没能使她痛改前非，她依然爱唠叨个没完，就像生了一种叫语言多动症的病。

从化工厂下岗后，陈亚娟干过两份活，先到街道社区服务中心去求职，被介绍到一家个体饭店当洗碗工。干了没两个月，就被辞退了。接着她又在熟人的介绍下去了一所小学食堂给厨师当下手，这次她干得比较长，但也没能坚持上一年。两次求职的失败依然和她的贪说有关，她天生就是一个贪嘴，对付这种顽疾的最好方法就是用胶布把嘴巴封住，可那是不切实际的夸张之想。

可以想象，家里有了这样一个女人，蔡这将承受多少烦恼和压力。他是一个有责任感的男人，虽然考虑过与陈亚娟分手，但一想到儿子蔡小陈，就打消了离婚的念头。陈亚娟被小学食堂退工后，他没让她立刻再去找工作，他知道再找一个单位陈亚娟早晚还是会被辞退。他准备让陈亚娟自己开一个烟杂店，可这个想法并不能马上付诸实施，首先得有一个门面，另外还得有一笔启动资金。蔡这一下子拿不出这笔钱，他只是一个房管所收入不高的电梯维修工。陈亚娟不上班后，他的一份薪水要养活一家四口人，即便维持最低的生活水准，他也很难把家运转起来，更不用奢谈存钱开店了。

生活的重负使蔡这倍感疲惫，他只好厚着面皮去找过去技校里的几个老同学，东拼西凑借了两万块钱，想把烟杂店先开起来。可在申办执照的过程中，他才知道陈亚娟并没有开店资格，因为她虽然下了岗，却还是一个在编职工，她必须先辞职然后才能做买卖。陈亚娟并不愿意辞职，所以这件事就拖了下来。

无处上班的陈亚娟待在家里，性格中的毛病一点儿都没有收敛。她的心情当然不会好，但她没去找自己的原因。她把一口怨气都出在了蔡那身上，她本来就嫌弃这个脑袋不灵的小叔，现在就更加恶声恶气地对待他。蔡那对陈亚娟有点惧怕，看陈亚娟的眼神就像在看一只蝎子，总是离陈亚娟远远的，生怕冷不防被蜇上一口。

蔡这非常清楚陈亚娟的所作所为，可他没有办法，他不可能不上班看着陈亚娟。他只好闷着生气，实在憋不住了，就指着陈亚娟破口大骂，你这女人真他妈的变态，在外面搬弄是非，在家里还是劣性不改。下岗回家，不指望你养家糊口，至少把家里的事搞好。你他妈倒好，把蔡那弄得看见你像看见鬼一样，你这是存心要把我气死。你倒是说说，我弟弟哪一点挨着你了，你他妈的要这样对待他。

有道是一物降一物，陈亚娟虽是个厉害角色，对蔡这倒是惧怕三分，特别是蔡这发起火来，她那股嚣张的气焰就马上无影无踪了。不过她嘴上依然不会屈服，还是歪理十八条，唾沫星乱飞说上一通。

陈亚娟说，自己之所以讨厌蔡那，是因为他连一条狗都不如。靠家里供他吃穿，什么回报也没有。狗吃了人给的东西还会摆摆尾巴，蔡那只会对着你傻笑。如果说蔡这作为哥哥要抚养他，那她陈亚娟和蔡那可没有什么关系。她只是蔡这的老婆，蔡这不能因为自己是他的老婆而要求她也像他那样去对待蔡那。她看见脏兮兮的蔡那就恶心，每天却要和他在同一张桌子上吃饭。想到这一点，她心里就不平衡，她承认自己对蔡那的态度一直很坏。但没办法，她一看见他就来气，就想骂人。

对陈亚娟的一番言论，蔡这恨不得上前扇她两记响亮的耳光。不过他不会那样干，他知道那样干的结果只能把陈亚娟变成一个真正的泼妇。他是一个要面子的人，不愿意家丑外扬被邻里取笑。所以他虽然常常被陈亚娟气得牙痒，结婚这么多年，对陈亚娟的发火并没有突破呵斥的界线。这一方面可以看出蔡这是个自控力很强的人，另一方面也可以看出他骨子里的懦弱和隐忍。

蔡家的吵架像一盆回锅肉隔三岔五就要端上来一回，焦烟而腻味的气息弥漫在空气里，使屋里的每一个人都感到呼吸不畅。蔡这九岁的儿子蔡小陈晚上常常梦哭，所说胡话的内容大都出于对父母争吵的恐惧。这并不出人意料，家庭氛围当然会对孩子的行为产生潜移默化的影响。

蔡小陈喜欢踢足球，在户外活动时基本上是个正常的孩子，跑步速度很快，有飞鸟之称。蔡小陈踢球的步伐也很稔熟，是个不错的前锋。但他功课不太好，语文尤其不好，作文"的地得"都区分不开。坐在课桌前一副傻乎乎的模样，与球场上反应灵活的他判若两人。没有人知道他在想什么，他脸上写着淡淡的哀愁，让人觉得这是个自卑而陈旧的孩子。

除了踢足球，蔡小陈与同学们交往并不多。放学之后他总是形单影只，只有在有足球踢的时候才会例外。他在操场上放肆地撒野，展露出男孩天真的秉性。直到夜色把周围浸没，抱着心爱的足球踏上归程。

蔡小陈回家有一条必经之路，蔡那每天都会在马路的拐角处等他。他们叔侄俩关系一直很好，汇合后就一起沿着泡桐街往回走，然而蔡小陈并不愿让同学们看到这个情景，此乃他放学后离群孤行的真相。

蔡那在岔路口指挥交通对蔡小陈来说并不是秘密，在蔡这知道此事之前大约十天，蔡小陈就在一次放学途中看见傻叔叔在东四路口做着疏导车流的姿势。当时，他被吓了一跳，心想这不过是傻叔叔的一次心血来潮。然而一连几天他都看见了在马路上比画手势的蔡那，才知道傻叔叔爱上交通警的工作了。他没把这件事及时告诉爸爸，他知道爸爸听说后一定会非常担心。也没把这件事告诉妈妈，他不喜欢妈妈流露出来的那种不屑一顾的神色。可他知道即使自己不说，事情也瞒不了多久。他的猜测没有错，这一天抱着足球一进家门，就看见爸爸正在对傻叔叔进行盘问。从爸爸说话的内容中可以听出，他已经知道了傻叔叔的所作所为。看得出爸爸的情绪很不平静，他因为弟弟在马路上丢人现眼而感到羞愧。而站在竹帘旁边的妈妈，一如蔡小陈所料到的那样，乜斜着八仙桌两侧的哥俩，摆出一副嗤之以鼻的腔调。

过了几天，蔡这和陈亚娟在居委会马阿姨的陪同下去了一次街道办事处。马阿姨认识的一个马脸男人接待了他们，因为马阿姨事先已说明了蔡氏夫妇拜访的目的，所以他们在短暂寒暄后马上切入了正题。

马脸男人说，马阿姨说你们想开一个小店，资金落实了么？

蔡这说，钱呢东拼西凑弄了一点，现在一个是找门面，一个是申请执照，都还没有着落，所以想请金科长帮帮忙。

马脸男人说，门面呢，问题倒不是很大，最近街道准备在码头口造一排简易商用房。下个月就动工，估计一个多月就能造好。目的就是为你们这样的居民提供一个就业的岗位，租金呢也不贵。马阿姨是我们家老邻居，她介绍来的人我一定会帮忙的。我可以给你们打个招呼，费用上再适当优惠一点。

陈亚娟忙凑上来说，谢谢，谢谢金科长。以后我们生意好了不会忘记您的好处的，可有了门面，我们还差一张执照，我们总不能无证经营吧。

马脸男人说，这件事有点麻烦，马阿姨对我说你是有单位的。不过是下岗，没有正式与工厂脱钩，按政策，目前像你这种情况是不能申请营业执照的。不过办法还是有一个，你可以用别人的名义领一个执照，生意还是你做，退休的也可以，比方说你的公婆或者爸爸妈妈，反正是一家人，你也不用担心什么。

陈亚娟露出为难的表情，说，办法好是好，不过我的公婆已经不在了。爸爸在我小时候就死了，老娘倒是还在，但是住在苏州我弟弟家，户口也不在本市。

马脸男人说，外地人也可以申请执照，但必须本人亲自来办，比较麻烦。另外也很难申请到简易商用房，你家里还有什么人？

陈亚娟说，还有我儿子，噢，对了，我男人的弟弟也和我们住一块儿。

马脸男人说，那他有工作么？

陈亚娟说，工作倒没有，不过他是个白痴。

蔡这火气一下子又冒上来了，冲着陈亚娟说，你才是白痴呢，金科长，我弟弟是不太聪明，但不是白痴，只是反应比较迟钝一点。

马脸男人说，既然这样，你们只有这一个选择了。你们回去和……对了，他叫什么名字？蔡那。好，就和蔡那商量一下，看是不是能用他的名义领一个执照。如果他同意了，我在工商所有个同学，到时可以给你们介绍一下，让他给办得快一点。

蔡这和陈亚娟向马脸男人道谢后告辞出来。马阿姨对他们说，金科长已经给你们指了一条路，回去以后就加紧办吧。

蔡这说，马阿姨，我弟弟这种情况可以办执照么？

马阿姨说，这我也说不准，不过金科长既然说工商所有熟人，估计总有办法，你们加紧办，免得夜长梦多。

和马阿姨分手后，陈亚娟对蔡这说，你看这事该怎么办呢？

蔡这说，你平时对蔡那那么不好，他不会同意你办执照。

陈亚娟说，要不我们就直接绕过蔡那把执照给办出来，反正他是一个白痴，也不太明白是怎么回事。

蔡这说，你再说什么白痴，我他妈就不管这事了。

陈亚娟说，好，我不说，那绕开他办执照总可以吧。

蔡这说，那怎么行，他是我弟弟，我当哥哥的怎么能干这种事。

118

陈亚娟说，那总不能让我去求他吧。

蔡这说，为什么不能，你陈亚娟也有求我弟弟的一天。想想你平时都是怎么对待他的，这是让你知道做人的道理。

陈亚娟说，我绝对不会去求他，我跟他有什么好说的，我大不了不开这店，我不信真能把我饿死。

话虽这么说，陈亚娟知道她的这个店是不能不开的。她对待蔡那的态度在不知不觉中有微妙的变化。虽然看蔡那的眼神依然冷若冰霜，但有一点，她不再骂蔡那了。不过，她也真的没去和蔡那说办执照的事，她继续和蔡这磨，她要让蔡这去和蔡那说。她最后还是成功了，畏惧纠缠的蔡这终于在三天之后松了口，允诺由他出面去和蔡那说。

我是看你这两天对蔡那还可以，否则我绝不会答应的。蔡这说。

蔡这却没想到蔡那竟一口拒绝了他，他刚把意图说明，蔡那立刻就把头摇得像拨浪鼓一样。

我不给陈亚娟办执照。蔡那说。

我保证以后她不会再骂你了，你就看在哥哥的面子上帮她这一次吧。蔡这说。

我不肯，她前几天还在骂我让车早点撞死。蔡那说。

可这小店不是陈亚娟一个人的，这个小店是全家的，如果不把它开出来，家里这日子就没法过了。蔡这说。

蔡那没言语，这时刚巧陈亚娟提着一瓶酱油闯进门来，哥俩的对话就没再进行下去。

第二天，蔡小陈放学后踢完球回家。走到东四路口那儿，他四周环顾，没看到蔡那。于是停顿了一下，向对面的围墙走去。那儿有一小块茂密的小林子，他走到马路中间时看到蔡那从小林子里一晃而出。蔡小陈立刻开心地笑了，他知道傻叔叔在那儿干了什么。蔡那看见蔡小陈也笑了，他的裤裆有点潮湿，在上界线的一只石墩上坐下来。

等蔡小陈走到跟前，他把屁股朝边上挪了挪，蔡小陈就在他身边坐了下来。两个人看着黄昏中穿梭不息的车流，像一对收工以后蹲在田埂上的农民，自得其乐，形同虚设。

蔡小陈说，今天我踢进了六个球。

蔡那说，好，踢进六个球好。

蔡小陈说，你不肯帮我妈妈办执照是对的，谁叫她平时那样对待你。

蔡那说，她骂我让车子早点撞死。

蔡小陈说，她不应该说这种话，她不应该那么骂你。

蔡那说，她骂我，她喜欢骂我。

蔡小陈说，你恨她么？

蔡那说，嗯。

蔡小陈说，我也不喜欢她，她老跟爸爸吵架，我搞不懂她为什么老爱跟爸爸吵架。

蔡那说，因为哥哥从来不打她。

蔡小陈吃惊地看着他的傻叔叔，这句话从蔡那口中说出来确实有点出人意料。

蔡那继续说，哥哥让我帮她开执照，哥哥的话我还是要听的。

蔡小陈说，可就这样去开执照，你心里不开心。

蔡那说，嗯。

蔡小陈说，那样的话我心里也不开心，我们最好要让她不开心。我有办法了，你回去对我爸爸说，你同意办执照，但有一个条件，让我妈妈也到马路上去指挥一次交通，那样的话她以后就不会再骂你给车子撞死了。

蔡那开心地笑了，他眯起了眼睛，似乎对蔡小陈的构想充满了神往。

他站了起来，朝家里的方向走去，蔡小陈跟在他后面，听到他在唱：向前进，向前进，战士的责任重，妇女的怨仇深……

蔡小陈知道，这是傻叔叔最爱唱的一首歌，也是唯一能把歌词唱全的一首歌。

然而关于这首歌，蔡小陈也有不知道的一面。他刚出生的时候，蔡那经常坐在摇床边用这首歌来哄他睡觉。当然，它的效果适得其反，只能把襁褓中的蔡小陈吓得哇哇哇哇地大哭起来。

写于 1999 年 11 月 7 日

零下2度

马德方从火锅店走出来，李芹跟在他的后面，手里牵着他们流鼻涕的儿子噢噢。与结婚的时候相比，李芹身材走样不少。马德方倒是没什么变化，又胖又矮，戴一副眼镜，走路不紧不慢的，甚至叼香烟的样子也丝毫没变，嘴半边歪着，双肩有点拱，两只手斜插在裤兜里。每过二十秒，鼻孔便会钻出两股白雾，绳子似的，乱七八糟缠绕在一起，渐渐漫漶成虚无。

　　到了分手的岔路口，噢噢哭了起来。这个小男孩已经五岁，初谙人世了。他知道爸爸马上要与他道别了，而下次见面将遥遥无期。噢噢流下了伤心的眼泪，口齿不清地恳求马德方不要走。噢噢有点口吃症，还有一个特异功能，可以把手掌逆向扳成直角。这个极限普通人看了会心惊肉跳，他却没事似的，一下子就折过去了。

　　为了减少分手前的纠缠，李芹将噢噢抱了起来。小男孩显然知道母亲此举的意图，四肢开始乱甩乱蹬，用手去抓李芹的头发。李芹把脑袋朝旁边避开，朝马德方点了点头，表示道别，马德方就急匆匆离开了。

　　走出去好长一段路，耳朵里仍灌满儿子的哭声，马德方眼泪兀自顺着面颊流下来。突然，一个冷战从他皮肤上爬过。他低头一看，身上只穿着那条驼色的对襟毛衣。这是三十岁生日那天李芹送的礼物，他已穿了三年，由于质地较好，仍显得成色很新。可毕竟只是一件毛衣，根本不能在今天这样的天气御寒。马德方之所以这会儿才觉得冷，是因为刚吃完热腾腾的火锅的缘故。他慌忙朝火锅店赶回去，希冀放在座椅上的棉风衣别被人顺手牵羊拿走，他的钱包在上衣口袋放着呢。他一边心急火燎地跑着，一边骂自己掉了魂。可李芹怎么也没有提醒他呢，还有噢噢，一向那么机灵，怎么也没发现爸爸忘穿了外套呢。其实答案马德方心知肚明，一个被拆散的家庭临时相聚，各怀心思，忽略一件衣服又有什么值得奇怪呢。

马德方来到他落座时的地方，担心发生的事还是发生了，棉风衣早已不翼而飞。马德方在那儿站了很久，脑海一片空白，终于，他还是回到大街上来。一辆计程车在不远处停着，似乎已停了许久，就像一只打盹的甲虫，熄灭了尾灯，没有再度启动的迹象。马德方看见司机推门而出，在他身边站定，他木知木觉，转身去看她，她正停在一个烟摊前买烟。这是一个三十岁左右的女人，穿着一件墨绿色的皮夹克，脖子里绕着一条绛红色的丝带。如果修饰一下，这个女人也许会有几分姿色，但她的脸色很憔悴，皮肤几乎一点光泽也没有。这使得她失分很多，成了一个容易被忽略的女人。

买完烟，女人重新钻进计程车。马德方走过去，轻轻敲击了几下车窗。她把玻璃摇下来，一股浓重的烟味随之逸出。叼着香烟的女司机问，你是要打的么？

马德方说，我的外套吃火锅时忘在店里了，现在冷得不行，想马上回家去。可我身上已经没钱了，你看这只戒指能不能充抵车费？

女司机说，我不要你戒指，你上来吧。

马德方说，我要去的地方很远，在郊区的县城呢。

女司机说，我不要你戒指，可以送你。

马德方说，那不行，我还是另外找辆车吧。

女司机说，那随你。就将玻璃重新摇了起来。

马德方往后退了两步，听到路过的一个长发女子说，姐姐，今天真的要把这两个人带回去么？另一个同样长发飘飘的女子说，有什么问题么？马德方回头看她们，眼中只有两个身材修长的背影。马德方目送她们远去，在她们婀娜的走姿中，他仿佛看见了若干年前李芹的模样。

寒冷使马德方回到现实中来，他觉得身上的皮肤像一张海蜇飞快地展开，让他无法克制地打了一个寒战。

女司机再次摇下了车窗玻璃，对他说，你的戒指值多少钱？

马德方摇了摇头，他确实是不知道，戒指是李芹与他交换的结婚纪念物。他没问过具体价值是多少，那样的话，不是太俗气了么。

马德方随口报出一个价格，大概一千块钱吧。

那就按一千块算，你上车吧。女司机说。

马德方说，你的意思是车费多出部分退给我现金？

女司机说，你觉得怎么样？

马德方说，我还能怎么样呢。

马德方拉开车门，浓郁的烟味呛了他一口，空调使他感到了暖意。马德方冲着女司机笑了笑，说，你抽了这么多，够呛人的。

女司机从烟盖里取出一支烟，递过来说，与其抽二手烟，不如来一支吧。

马德方没拒绝，他觉得与这个女司机有点投缘，似乎与她认识多年似的。他将烟点燃，问道，你姓什么？

女司机看了他一眼，我姓何，人可何，你呢？

马德方说，一匹马的马，叫我老马吧。

女司机说，怎么这么粗心呢，吃火锅竟然把外套给丢了。

马德方说，人倒霉，喝冷水也会塞牙。

女司机说，你要去的地方我不熟，出了市区，你得给我指一下路。

马德方说，那没问题。

女司机发动了车子，两个人上路了。外面与车内温差很大，窗玻璃上的雾气可以证明这一点。计程车不紧不慢行驶在马路上，马德方又听到了儿子噢噢的哭声，眼泪控制不住流了下来。为了掩饰，他把头别了过去，抬起胳膊让衣袖将泪水吸干。女司机觉察到了，让车速放缓下来，问道，你在哭？

马德方像受到了什么惊吓，否认道，没有，可能是香烟味道太重了，眼睛受不了。

女司机说，其实我看见你们三个人从火锅店走出来的，那女的是你老婆吧，蛮漂亮的。还有那个小男孩，一定是你儿子了。你后来一个人走了回来，我就想这一家子出问题了。

马德方眼泪夺眶而出，他说，其实别的倒无所谓，我之所以难受，是因为我以后再也见不到儿子了。

女司机把车子停靠在路边的一棵香樟树下，说，你现在一定觉得心里很闷，我下车去抽支烟，你干脆全哭出来吧，哭出来会好受很多。

说着就离开了驾驶座，走到马路对面去了。

马德方没有大声哭泣，他只是把头仰在座位的靠垫上，让泪水默默地流，默默地流。

不知过去了多久，女司机回来了，眼圈红肿着，看得出也是刚刚哭过。她手里捧着两个热腾腾的烘山芋，递给马德方一个。他们慢慢地把山芋皮揭开，扑鼻的香气立刻弥漫开来，马德方一边吃一边注视着女司机，你好像也哭了？

女司机用脚踩住了油门，计程车缓缓向前驶出，一路无话，车内混合着烘山芋与香烟的气味。马德方看着外面，在某一个拐角，他又看见了那两个长发飘飘的女子。他愣了一下，用手擦了擦眼睛。再去辨认时，计程车已驶出那个区域。他摇下窗子，把头掉出去回望。那两个女子还在，由于距离较远，看不清她们的面目。他把身子缩了回来，摇上了玻璃窗。

看什么？女司机问道。

没什么。马德方说。

你妻子很漂亮，当时追她花了不少工夫吧？女司机问道。

马德方说，你一定觉得我配不上她吧，其实当时很多人都是这么说的，可正因为这样，我才觉得自己做了一件了不起的事情。

女司机说，你一定很爱她了。

马德方说，我追了她整整四年，结婚那天我都快高兴死了，在这之前我觉得她嫁给我是不可能的。

女司机说，在她面前你怎么会这样自卑呢？

马德方说，其实回头想想，无非是因为她漂亮而已。结婚后才发现，她实际上是一个很普通的女人。除了模样俏一点之外，说不出有什么别的好。

女司机说，你就慢慢不喜欢她了？

马德方说，也没有，虽然她很普通，可我也没什么出众的地方。我当时在县城的轴承厂当钳工，她在食堂当收票员，都是最底层的老百姓，学历都不高，对生活也没有特别

130

的期待，和绝大多数人一样，平平淡淡，生老病死，我对这种不好不坏的日子还是很满足的。

女司机说，你们后来的生活一定出现了变化。

马德方说，在我追求我妻子的过程中，厂里还有另外几个小伙子也在追她。其中有一个叫季庆勇的人，是我同一个车间的电焊工。这个人后来去了日本，但始终没和我妻子断过联系。这件事我一直蒙在鼓里，所以有一天她突然提出要去日本，我一下子傻住了。

女司机说，这时候你们的儿子已经出生了吧。

马德方说，我儿子三岁那年她去了日本，她一去，我就知道再也不会回来了，但我没想到她今天把我的儿子也带走了。

女司机说，那你肯定是不肯的，这中间必然有一场官司吧。

马德方说，她专程从日本回来，索要儿子的抚养权。我自然不会答应，后来她就去了法庭，官司打了一个多月，最后她赢了。

女司机说，怎么会是这个结果呢？

马德方说，她去了日本以后不久就写信向我提出了离婚，我知道这是迟早的事，就答应了。手续办得很快，消息也传得很快，厂里的人马上都知道了，闲言碎语也随之而来，都说我是不自量力，找个厂花做老婆，结果落得竹篮打水一场空。我受不了那些话，把心一横，辞职干起了个体。

可我运气不好，生意没做起来，本钱赔光了。这时候她从日本回来了，知道了我的处境，提出给我一笔钱，前提是把儿子给她，我怎么会同意呢，但法院还是把儿子判给了她，理由是我现在不具备抚养儿子的能力。其实我是能把儿子拉扯大的，狗日的法官一定是被买通了。

女司机说，我没猜错的话，今天晚上是你们最后的晚餐了。

马德方说，明天我儿子就要和她一起去日本了，我不知道以后还能不能见到他，父子一场，我总得为他饯行吧。

马德方说着，终于大声哭了出来，儿子，我的儿子，爸爸以后再也见不到你了，你长大了，不会把爸爸忘得一干二净吧，你总该记住爸爸点什么吧。

女司机使计程车保持匀速前进，她一声不吭地看着远方，仿佛在凝神聆听着什么。她没有给马德方一句劝慰，因为任何的言语都属多余。她耐心地等待着，直到马德方不再哭泣，才轻轻叹息了一声，你以后准备怎么办呢？

马德方摇了摇头，他真的不知道将来会是什么样子，他无法回答这个问题。女司机说，马上就要出市区了，指一下路吧。

马德方说，我们先上高速公路吧，然后往中央岔道左拐一直开下去。

女司机说，我要先加些油，油箱里的油不多了。

又开出去一段路，出现了一个加油站。女司机将车子开进去，下车去开单。马德方看见驾驶台上放着香烟和打火机，他拿出一支烟点燃，吸着，一阵巨大的晕眩向他袭来。他感到累极了，好像要睡过去了。

直到有人在外面拍窗户，他才苏醒过来。那个人在外面大声说着什么，马德方听不清楚，他将玻璃摇下来，才知道计程车已停了半个多小时，那个女司机买完油票后就消失了。

马德方慌忙下车，四处去找。很快在加油站围墙脚下找到了她。她正扶着墙壁，看见马德方走过来，直起了腰，缓步走来。马德方问道，你怎么了？女司机摆了摆手，说，没什么，有点恶心，吐出来好多了。

借着月光，马德方看见女司机方才离开的地方被吐得一塌糊涂。他扶住她，回到计程车内。女司机混浊地喘着气，过了片刻，她好像摆脱了不适，将车开到加油机旁，下车去了。

马德方从另一扇门下车，配合加油工给车子加油。一切完毕，两人重新回到车内，计程车驶出了加油站。

马德方说，你怎么吐得那么厉害？

女司机说，我怀孕了，妊娠反应比较大。

马德方说，那你怎么还出来开车？这有多危险。

女司机说，恶心也不是经常有的，不是特别影响开车。我这辆车是买下来的，当时借了点钱，所以暂时也没打算要孩子。可人算不如天算，还是有了。

计程车驶上高速公路，两旁的风景快速向后退去。大约过去了一刻钟，计程车突然停在了道边，女司机泪流满面，把头搁在方向盘上，轻声说，对不起，我开不了了。

马德方问道，怎么了，发生了什么事？

女司机哽咽着说，其实我比你更惨，你的生活是慢慢被毁掉的。而我，一直到今天中午以前还活在幸福里，可一下子，就什么都没有了，没有了。

看着泣不成声的女司机，马德方伸出手握住一块毛巾，那是女司机挂在仪表屏上的，他说，擦一下吧。

女司机没接，将头埋在臂肘之间，哭声渐渐微弱下去，就像一个雕塑静止不动，保持着那个姿势。

一辆牵引车神不知鬼不觉驶到计程车旁，下来两个穿工装的男人，做着手势，意图让车上的人下来与他们配合。马德方推了下女司机，我们快点离开这里吧，人家以为这辆车抛锚了。

女司机把头抬起来，随即又恢复了原来的姿势，她嘟囔了一句，让他们拖吧，我想休息一会儿。

马德方只好下车去向两个工人解释。

他撒谎道，我们的车子没发生故障，是驾驶员胃病犯了，待一会儿缓过来就会离开的。

两个男人面面相觑，显然感到有点为难，高速公路上随意停车是十分危险的，可在这种情况下把车拉走似乎也有点不妥。他们商量了一下，从牵引车上拿了两盏信号灯下来，在计程车前后各放了一个，然后就离开了。

马德方拉开车门，看见女司机已摆正了坐姿，朝他点了点头，苦涩的笑容中带着些许歉意，我们还是走吧。她说，随后启动了引擎。

给我点支烟吧。女司机对马德方说。

马德方将烟点燃，放在她唇间。她吸了两口让烟叼在嘴唇上，似乎是自言自语，县城里有打胎的么？

马德方吃了一惊，你说什么呀？

女司机说，我准备把肚子里的东西拿掉。

马德方问道，只能这样么？

女司机说，当一个女人知道她男人心里根本没她的时候，又有什么必要为他生孩子呢。

马德方说，我不知道说什么好，我觉得那是两码事。你想想，我对我前妻充满了怨恨，可对从她肚子里生出来的儿子，还是那么喜欢，小孩是无辜的呀。

女司机把车窗摇下一点，冷风钻了进来。她把头朝外探了探，将香烟吐掉，摇上了窗玻璃说，我承认，孩子养下来后，我也会喜欢他。可同时他也会给我带来伤心的回忆，只有彻底的遗忘，不留痕迹，才是解除痛苦的办法。

马德方注视着女司机，没有挽回的余地了？

女司机说，你指什么？

马德方说，你和你丈夫……

女司机凄冷地笑了一下，叹息道，不可能。

马德方说，我不知道究竟发生了什么事，使你一下子变得如此绝望。

女司机说，你品尝过被人背叛的滋味么，当你全身心爱着一个人，而那个人早已移情别恋，而且心中一丝一毫都没有你，那种被遗弃的感觉谁能经受得起？

马德方说，如果你丈夫在背叛你，难道你事先一点预感都没有么？

女司机说，没有，一点都没有，他掩饰得非常好。在我看见那份遗书以前，我还天真地以为他深爱着我。你要知道，我们真称得上相敬如宾，连拌嘴都很少有的。

马德方说，你丈夫怎么会留下遗书呢？他应该年龄不大吧，难道是得了不治之症？

女司机说，他年龄是不大，也没得什么不治之症，他不过是遇上了一个被避免的空难。他是一家纺织品公司的采购员，昨天从南方飞回来时，飞机出现了故障，由于无法解除危险，乘务员就让每个乘客都写下了遗言，但不久，飞机恢复了正常，安全降落了。我是今天中午看到那张纸的。当时正巧有个乘客就在我家附近下车，我就顺便回家吃午饭，他去了单位，把行李放在家里。我准备把他的替换衣服扔进洗衣机里。就发现了那张遗书，我按捺不住好奇心，就看了。你要知道，在那种状态下写出来的东西是最真实的。我做梦也没有想到，他留下的是这样的遗言，除了婚姻共同财产外，他愿把属于他的财产和空难保险金赠给一个叫李湘湘的女人。

马德方问道，你知道李湘湘这个人么？

女司机说，我认识她，他们是同一个科室的同事。她是一个寡妇，丈夫是去年生病死的。这个狐狸精，还到我家来吃过饭呢。

马德方问道，那时你没发现她与你丈夫有什么异样么？

女司机说，那次她是和他们科室几个同事一起来的，我一直在厨房里忙，也没对她多加留意。后来我去过他们单位几次，才算和她有点熟了。

两个人说话的时候，计程车已经驶出了高速公路，在岔路口的左侧拐弯往前开去。

马德方说，其实你和我都是被生活抛弃的人。

女司机说，看完那张纸，这个家再也不能呆了。我驾着车在市区闲逛，庆幸的是没撞着别人，后来我实在支持不住了，就把车停了下来，后来我就看见了你。

马德方说，也许你觉得我也是一个可怜的人吧。

女司机说，你是说我们是同类么？也许吧，同是天涯沦落人。

马德方说，我是无家可归，你是有家难归。

女司机说，你说对了一半，我是有家难归，可你怎么是无家可归呢？

马德方说，一间没有亲情的房子还能称为家么？

女司机说，是继续往前开么？

马德方愣了一下，看了一眼女司机，说，天气这么冷，屋里又没暖气，我回去干什么呢？但是，我也不能老待在车子里面呀。他忽然想起了什么，对女司机说，你把车子调过来，往东南方向开。

女司机放慢车速，把车调了头，照着马德方的指引往东南方向开去。那是一条僻静的小路，依稀的路灯凌乱而寂寞。乡村的狗吠由远而近，远处的景致亦假亦真。马德方把头往后靠去，仿佛进入了梦乡。

计程车不紧不慢地开着，女司机看见了此路的终点，那是一条不知名的野河。她迟疑了一下，朝马德方看一眼，他好像真的睡熟了，神情显得十分安详。女司机似乎笑了一下，那一刻，她的目光显得神秘而苍茫，她没有让计程车停下来。

写于 1999 年 8 月 21 日

今晚

企伟来到大街上的时候，四处的一切早已沉入暮色。无边的暮色，好在尚有街灯。

他把头转向后面，脖子仰起来。家中的窗户透出一块青橘色的光，显得比较突兀，也比较柔弱。企伟把头掉转，朝八角路那边走去。这是一个无边无际的夏天的午夜，有一点微风但带不走白天遗留下来的炎热。企伟叹了口气，从睡裤后袋里掏出一支烟点燃，一边走一边吸，白雾从鼻孔里钻了出来。

他的目的地是前面不远的一个半开间门面的小店。店虽小，却在墙上亮了一块醒目的霓虹灯招牌，上面只有一个字：爱。企伟迟疑地在马路对面站了一会儿，似乎在下什么决心。这个间隙，他把手中的烟蒂扔掉了，有点不知所措地站在那儿，想到静芬正在等着他，他便穿过马路，朝小店走来。

他是第一次来，但由于每天上下班都会经过的缘故，他对小店并不陌生。当那个巨大的"爱"字被竖起来时，他几乎被吓了一跳。毕竟，他已上了点年纪，有点不适应。当然这并不仅仅是源自道德的障碍，只不过对他来说，世界在一夜之间发生了惊人的变化，让他一下子反应不过来。

企伟走进小店的感受与他第一次走进厂医周大夫的办公室时非常接近，他明显觉察出自己的两腮在微微发烫，说话的语气显得十分卑微。他的心虚是因为难以启齿，他鼓足勇气，把自己的要求说了出来。让他意外的是，周大夫连话都未说，甚至未多看他一眼，就把左侧的抽屉打开，手肘提了一下，桌上就出现了他要的东西。

企伟连谢谢都没说一声，把手掌在桌面上一按，捏成拳状，立刻破门而去。

不过因为周大夫的冷淡，反倒使企伟有了再次来医务室的勇气，渐渐地他成了一个索取的常客，盘着发髻的周大夫总是看也不看他一眼就把他要的东西放在桌子上。只有一次，她半真半假地说了一句，你看我们单位福利多好，连这个都是免费的。

企伟嘿嘿笑了笑，几乎是逃跑一样地从周大夫眼中消失了。

隔了好一段时间，企伟才重新来到周大夫的办公室。一切又回到了寻常，周大夫一声不吭地把东西从抽屉里拿出来，而他也仍然快速地离开。

此刻，企伟表情凌乱地推开小店的门。柜台里只有一个同他年纪相仿的中年男人，货架用玻璃移门封闭着，丰富的商品令企伟一阵晕眩。他没想到品种有那么多，当然在工厂里，他听一些爱饶舌的同事说起他眼前的这些东西。耳听为虚眼见为实，他倒吸一口冷气，心里说，人家都到这地步了，我怎么还在为一个小塑胶套子忸忸怩怩呢。

柜台里的中年男人用两只细长眼看着他，这双眼睛生得比较特别，眼皮很厚，眼白很多，看人的样子是飘忽的，容易让人想起浮在水面上的死鱼。

你想买什么？我们这儿什么都有。中年男人说。

企伟瞥了瞥中年男人，用手在橱窗左侧上指了指，另一只手顺势把钱掏出来放在柜台上。

就买这个？中年男人又问，显然他觉得生意太小，不甘心地加了一句，我这儿新到了一样好东西，介绍你看一下？别的地方可没有。

中年男人猫下了身子，再次直起腰时，手里拿着一个小瓶，瓶里半透明的液体在微微摇晃，中年男人说，正宗货，保你满意。

企伟摇了摇头，为了不驳中年男人的面子，他说，以后吧，以后等我不行了再来买你这个。

中年男人笑了，两只眼睛更细地眯起来，说，我推荐这个不是说你不行了，只是让你更好一些。

企伟还是摇了摇头，回头朝门口走去。

中年男人喊住了他，喂，你东西忘记拿了。

企伟转过头，发现柜台上放着小盒子。他走了两步，伸出手，用手掌把它盖住，然后握成拳状，再次转身朝门口走去。

由于转身的幅度较大，企伟差点与刚刚推门而入的一个顾客撞上。

你这人怎么走路也不看一下。是一个三十岁左右的女人，被踩中了脚趾，人像弹簧似的跳了起来。企伟站定，有点不知怎么办才好。

你一定把我踩骨折了。女人咧着嘴说，你准备怎么办？

企伟看着女人，她已顺势靠在了墙上，抱着受伤的左脚，脸上夸张的痛感似乎不是伪装出来的。但谁又知道那一脚究竟对她产生多大的伤害，如果她要故意讹诈，好像也不是不可能。

对不起，我不是故意的。企伟说。

没说你是故意的，你当然不是故意的，但你把我踩坏了，我怀疑脚趾头已经骨折了。女人呻吟道。

实在是对不起。企伟说。

中年男人在一边打起了圆场，他对企伟说，你意思意思给她点钱算了。

企伟知道这是解决问题的办法，可他毕竟有点心有不甘，他虽然不是爱钱如命的小气鬼，可对这种意外支出总有点肉痛。迟疑了一下，他仍决定速战速决。他从睡衣口袋里摸出皮夹子，抽了两张拾元纸币，递给那个女人。

女人没拒绝，企伟便推门走了。

走在寂寥安静的晚上，企伟的脚步加快了一点，他担心静芬睡着了，那样的话就什么都干不成了。把睡梦中的妻子叫醒，他可做不出来，而且即便那样做了，迷迷糊糊的一个人，又有什么趣味呢？

自从周大夫去世以后，企伟就不到医务室去了（看病除外）。那是一段黑暗的日子，企伟和静芬的关系也一度变得有点紧张。周大夫的死在厂里至今仍是个谜，她三十多岁就香消玉殒了，身体被扔在厂区西面的煤场，头一直没有找到。企伟害怕想起这个女人，周大夫刚死的那会儿，他总是在夜里碰到她，她就一直坐在他床边，说个不停。与她生前的沉默寡语相比，好像是换了一个人。他怕得要死，睡在旁边的静芬却说根本没看见有什么女鬼出现。静芬说企伟一定是疯了，企伟也以为自己疯了。后来轧工组的"董半仙"知道了这件事，教了企伟一个办法，只要回去把床换一个方向就可保无虞。企伟半信半疑，但"董半仙"的确是有些法力的，他最唬人的一个节目是神游，只需闭目养神片刻，就可以告诉一个陌生人家中的摆设甚至于屋里当天局部的场景。企伟按照"董半仙"的嘱咐，回家把床换了个位。当天晚上周大夫果然没有来，但到了第二天，企伟刚闭上双眼，周大夫又出现在他的床前，和他说话。企伟再去找"董半仙"，"董半仙"也没了法子，把他推荐给了一个画钟馗的和尚。和尚说，企伟遇到的不是鬼，是灵异，只要在家里供着钟馗就可保平安。

和尚送了一幅钟馗图给企伟，企伟把它在卧室里挂好，周大夫真的就不来了。

接替周大夫的是新分配来不久的一个女大学生，企伟实在不好意思向她开口，只去了一次就打消了再去的念头。企伟的妻子静芬是知青返沪子女，没固定工作，所以也指望不了她。再说企伟觉得女人自己出面去搞那个东西不太好，这方面他确实是有点保守。

就这样，企伟的生活出了问题，他几次试图说服静芬冒险，都被拒绝了。静芬也有自己的苦衷，她已吃过两次苦头，都是因为企伟贪心不足造成的后果。静芬最怕的就是哪一天身体又突然停了，她再也不敢冒险了。

企伟是中年娶妻，静芬比他要小十六七岁，他这样一个其貌不扬的王老五，能够讨到一个虽不怎么漂亮但斯文贤惠的老婆当然是很知足了。但因为这件事，夫妻两个之间出现了一些隔膜，企伟还说出几句很不好听的话来，弄得静芬很委屈也很伤心。过了一段时间，细心的静芬发现丈夫不再提出要求了，这令她产生了另外的担心。她忽然主动要求了一次，企伟对此当然心知肚明，他很好地解除了妻子的疑心，测试过关。不过在那个问题上，静芬仍然不予通融，她用另外的方法让企伟找到了出路。企伟虽然稍感失落，但也没有过分坚持，这是一个意味深长的片段。

此后不久，静芬应聘到一家超市当收银员。上班的第一天，企伟就看到妻子从包里取出了那个久违的小盒子。静芬告诉他，收银台出口的货架上就堆着一摞，她起先并没注意到，下午有一个女客在结账的时候，手势很快地扔了一盒在

146

货品里，她觉得这真是一个好办法，以不使人觉察的方式迅速拥有。所以趁没人注意的时候，她也拿了一盒放在包里，企伟未料到这件事会这么好地解决，他的生活慢慢恢复了正常。

在超市里工作了一段时间，静芬给企伟讲了一件好笑的事。那个女客，就是静芬第一天上班时见到的那位，静芬描述了一下她的外貌，她大约三十五六岁，爱把头发盘起来，眉毛用线纹过，口形有点夸张，好像蕴藏着说不出来的得意。她经常来超市购物，奇怪的是每次都到静芬这儿来结账，然后手势很快地扔一盒那东西在货品里。她来的次数很多，几乎隔两三天就会来一次。有时候她几乎不买什么东西，只买一包洗衣粉或一盒速冻水饺，但那盒东西她从不落下。静芬笑着对企伟说，我怀疑她就是为了买那个才故意买别的。企伟说，她需求量那么大，估计是做那个的。静芬说，我想也是的吧。企伟忽然想起了什么，对静芬说，你注意到没有，八角路那边新开了一个小店，好像是专门卖那种东西的。静芬说，我最近没去八角路那儿，不过听超市里的同事说起过那个小店。企伟说，好像生意不太好。静芬说，我想也不会太好。企伟换了一个话题说，你现在的工作比较稳定了，我们可以考虑要一个小孩子了。静芬说，我们现在又没什么积蓄，再等一年半载吧，你要知道现在养一个小孩子开销很大的。企伟叹了口气说，我年龄大了，再等，我就不像爸爸，像爷爷了。静芬捶了一下企伟说，你看上去还蛮年轻的，千万别这么想。企伟说，岁月不饶人，年纪一天天上去，有一个小孩也好解解闷。静芬说，我也想的呀，还是再等一等吧。

走在归途中的企伟看了一眼与他结伴而行的月亮，由于担心静芬在等候中先行睡去，他走得较快。按理说，今天这种情况是不会发生的，家里总会有一些备货。静芬当了超市收银员后，企伟根本就不再为断档费神。可什么事都不能满打满算，今天静芬伸手到床单下去摸的时候，才发现自己的记忆出了差错。她以为还有，而实际上盒子内已空空如也，企伟没责怪妻子，谁没有个疏忽的时候呢，于是他穿上睡衣，下楼了。

夜深人静，超市早已关门，八角路上的那个小店就是企伟唯一的选择。

企伟听到后面有人走过来，从鞋底敲击地面的声音可以判断出是个女人。女人和男人的脚步声有着细微的区别，特别是穿着高跟鞋的女人，差异就更大一些。企伟把头一回，他看到的就是刚才小店里的那个女人。他发现女人走得很急，似乎想赶上来。不知怎么，他把步伐放慢了一些。少顷，女人便超过了他，她一身长裙，在他前方款款而行。

企伟走到八角桥的时候，女人已经靠在桥的水泥栏杆上，抽着一支烟，显然是在等他。企伟装作没有注意到她，从桥的另一侧走过去，可他听到女人在叫他，只好停下了脚步。

女人很快站在了他的跟前，奇怪的是，她一句话也不说，只是把左手伸了过来，握住企伟的一只手，把他带入了无边的暮色之中。

八角路上那个小店上的"爱"字霓虹灯仍然亮着，那个长着细长眼的中年男人不知道，他是这个世界上最后一个看见企伟的人。

写于 1999 年 8 月 8 日

飞车走壁

杂技团把"飞车走壁"这个节目带到我们城市来的那年，石俊辉是一名小学三年级的学生。那时候，他估摸九岁，也许十岁，这要看他生日大小。当时学校里给石俊辉留下印象最深的人是教美术课的黄老师。这是因为他爱在星期天给美术兴趣小组的成员布置户外写生，他率领一支蹦蹦跳跳的队伍走向公园或近郊的田野，去的最勤的地方是离学校不远的植物园。

所谓户外写生在这些小学生眼里其实就是玩，黄老师的目的好像也不是真要让他们多画几张速写。这是一个孩子王，天生与小朋友投缘。他把同学们带到植物园的大草坪上，让他们装腔作势地涂上几笔，大约半个小时后就宣布自由活动了。

但在同学们散开前，他每次都要交代一个时限。如果超时不归，黄老师就会铁面无私把违规者除名，下次活动就不再带上。因为有过两次先例，同学们都很自觉，像石俊辉这样循规蹈矩的学生就更不敢造次，甚至每次出门前他都向爸爸借来手表，放进贴身的衬衫口袋，隔上一小会儿便取出来看上一眼。一俟约定的时间来临，就会像刚校好的秒针一样准确地跳进黄老师的眼睛里。

尽管石俊辉是这样一个有组织观念的孩子，这一次还是没能守时，因为他在游园的过程中把爸爸的手表弄丢了。

起先，他和一直同他在一起的李佳佳在儿童乐园滑着滑梯，他们玩得很高兴。李佳佳是石俊辉同桌，是个漂亮的小女孩，她似乎挺愿意与石俊辉做搭档。

她是班上的语文课代表，因为石俊辉喜欢画画的缘故，她也申请参加了美术兴趣小组。作为回报，石俊辉为她负责的黑板报每期配两幅粉笔画。

手表是在滑滑梯的时候遗失的，等到石俊辉去摸衬衫口袋时，发现里面已空空如也。石俊辉急得要死，螺旋般在滑梯四处打转，他没找到手表。后来有人告诉他，一个嘴上长小胡子的年轻人捡到了表，朝南面走了。

石俊辉和李佳佳根据那人指点的方向撒开腿跑起来，跑出去很长一段路，他们看见了那个留着小胡子的年轻人。他的打扮跟指点者描述的一般无二，除了醒目的八字须，还穿了件红色 T 恤，手臂上文了一只造型复杂的鸟。石俊辉一眼就看见那只丢掉的手表正亮晃晃戴在他手腕上。他想大声叫起来，跑到小胡子跟前，让他把手表还给自己。可看着那副二流子腔调，石俊辉有点胆怯。

石俊辉跟着他，希望警察能从天而降，可警察一直没出现。

前面人慢慢多了起来，石俊辉生怕小胡子突然在人群中消失。把脚步加快加大，保持与他数步之遥。这样又跟踪了一会儿，小胡子在一处售票亭晃了晃，说了句什么，然后走进一个临时建起的筒状建筑里去了。

石俊辉和李佳佳凑到售票亭的告示牌去看，上面写着"李县马戏团惊险演出：飞车走壁，票价5元整"。

5元对当时的小学生来说可不是小数字，石俊辉和李佳佳面面相觑，连忙去掏口袋。可两个人把钱全掏出来还不到3块钱，就在这时李佳佳注意到告示牌旁还有一行小字："少儿半价"。

他们立刻买了一张票，李佳佳在门外等，石俊辉进去找小胡子。

后面的事情进行得异常顺利，在检票口石俊辉还没来得及检票，就看见了两名正在维持秩序的警察。他上前把事情对警察说了，警察表示了严重关注，马上做好了分工，留下一位与李佳佳一起守在门口，另外一位就领着石俊辉进入场内。

场内人很多，他们还是很快就找到了那个小胡子，原因是他的红T恤太容易识别了。他站在一个地势很高的位置，一边吞云吐雾，一边把手指放在嘴巴内吹出尖锐的口哨。在深井状的表演舞台，一辆摩托车速度极快地飞上筒体，又一头朝下俯冲。观众一阵阵惊叫起来，石俊辉和警察慢慢向小胡子靠拢，当他们站在小胡子面前的时候，他再也吹不出刺耳的哨声了。

小胡子表情僵硬地注视着警察，什么也没说就把表从手腕上褪下来了。

虽然石俊辉的手表失而复得，却不能在黄老师那边交代了。石俊辉拿到手表后大吃一惊，表面上的指针告诉他，超过黄老师规定集合的时间十分钟了，他和李佳佳都有点不知所措。

和两位警察告别后，他们硬着头皮朝归队的地方走去。半路上，他们听到了植物园广播站高音喇叭传出的寻人启事：石俊辉、李佳佳同学，请听到广播后立刻到一号门来，师大附小美术兴趣小组的黄老师在大门外等你们。

他们又紧跑了一会儿，靠近一号门不远处有个厕所。石俊辉对李佳佳说，你先去黄老师那儿吧，我要撒尿。李佳佳答应了一声，就朝大门口奔过去了。石俊辉来到男厕所，站在小便池前，这才意识到自己已憋了很久，只是由于手表丢失，注意力都集中在寻找的过程里了。石俊辉撒了一泡酣畅淋漓的尿，热烘烘的水线飞流直下，使他整个人都松懈下来。这时有一只手放在了他的肩胛上，还没等他回头，嘴巴就被另一只手紧紧捂住了。石俊辉挣扎着想摆脱，对方的力气显然比这个小学生要大得多，这个人完全控制了石俊辉的身体，押着他朝植物茂盛的林荫深处走去。

石俊辉用眼睛的余光瞄到了一片红色的衣袖，这使他确定了劫持者的身份。他很害怕，除了害怕，脑筋也在飞快地转动。但他的表情越来越绝望，因为他实在想不出什么脱身的好办法。小胡子把他带到一个偏僻的角落，命令他交出手表。在石俊辉迟疑的瞬间，他重重地扇了石俊辉一记耳光。可怜的小男孩听到耳朵里有很多蜜蜂飞出来，他用手紧紧捂住上衣口袋，可手表还是被小胡子夺走了。

小胡子重新把手表戴在文着鸟形图案的手腕上，仍然怒气未消，一边威胁一边左右开弓打了石俊辉几记耳光。

我告诉你，表是我捡到的。是我的，你要是再跟着我，我保证把你的屎打出来。

可怜的小男孩石俊辉嘴角淌出了血，他被揍得不清，摔在蓬乱的草地上。他看见小胡子将手指重新放进了口中，然后这个小流氓就在一记漂亮的口哨声中走开了。

躺在草地上的石俊辉伤心地哭了出来。长这么大，他还没有被这样像模像样地打过。过去父母教训他，只是象征性地拍几记屁股，最厉害的一次也只是被爸爸罚跪了十分钟搓衣板，事后妈妈还偷偷用热毛巾帮他捂了很长时间膝盖。今天无故遭到毒打，无论从肉体上还是心灵上对这个小男孩来说都是巨大的打击，怨恨和冤屈一下子就把他撑满了。此刻给他一把刀，他会毫不犹豫地扎进小胡子的胸口。在复仇的本能这一点上，小孩子和成人没什么不一样。

石俊辉慢慢爬了起来，朝植物园大门走去。游客们看见这个从树林中出来的哭泣的小男孩，露出了疑惑的表情。石俊辉低下头，他意识到在这样的场合下应该端起起码的自尊。为了不让新的泪水掉下来，他用手背在眼睛上擦了又擦，显出一副倔强而不被压服的气概。

他继续走了一段，再往前一号门马上就要到了，他脚步加快了一些。这时他看见一些熟悉的身影正在朝西奔跑，那是黄老师和李佳佳他们，他们一边跑一边齐声喊，抓住前边那个人，抓住前边那个人，他是一个贼。

他的视野朝更远的前方望去，他看见一个红色的背影钻进了一片树林。他也开始奔跑起来，他觉得自己好像被风推着，一下子来了劲，他越跑越快，很快加入了追赶者的行列，可在那片树林面前，他们迷失了目标，慢慢停滞下来。

眼看着小胡子从眼皮底下溜掉，石俊辉的泪水再次流了下来。李佳佳走过来，把一块手帕递给他，怯生生地问，你怎么会搞成这样的？那个流氓打你了？

石俊辉点点头，我去厕所的时候他像是从地下冒了出来。他力气很大，把我带到一个没人的地方，打我，抢走了我的手表。

李佳佳说，我在大门口见到了黄老师，把迟到的原因说了，我们在那儿等你迟迟不来，就到厕所这边来找你。可你不在，同学们都很着急，就一边叫一边找，这时我看见小胡子从不远处走过，我看见了他手腕上你的手表，心想他刚才不是已经还给你了么？怎么又戴在他手腕上了。我觉得不对，和黄老师一说，我们就大声喊起了捉贼，那个小胡子一听，吓得跑起来了，我们这么多人都没能抓住他，还是让他跑了。

黄老师说，今天的事老师会去处理的，现在我们要赶快回学校去，家长一定等急了。

同学们听从黄老师的嘱咐准备整队待发的时候，一个中年人朝这边踱过来，他好像已在附近站了一会儿，他走到黄老师跟前说，你们刚才追的那个穿红 T 恤的小伙子我认识，他是一个飞车手，看见对面那个"飞车走壁"广告横幅了么？他就是那个杂技团的。

黄老师说，谢谢你告诉我这条线索，这样我们报案就有对象了。

从植物园回师大附小只需斜穿一条马路即可到达，黄老师的表情有点沮丧，学生被抢劫是他这个临时监护人的失职，他不知怎样去向石俊辉的妈妈交代。

每次活动结束，总是石俊辉的妈妈来接儿子。她是外区的小学教师，与他是同行，也教美术课。那是一个彬彬有礼的女性，视石俊辉为掌上明珠。看见儿子受到伤害的模样，还不知会否像往常那样亲切和善。

学生们来到校门口的时候，家长们绝大部分已经来了。他们在门卫室等了有一段时间，黄老师果然受到学生家长的埋怨，当然这种埋怨是玩笑式的。黄老师一边赔着笑脸一边去找石俊辉的妈妈，巡视了一圈，没找到。他再回头去看石俊辉，不知哪个瞬间他忽然隐遁了。

黄老师的脸一下子沉下来，他用最快的速度把家长们送走，然后将几个暂时家长未到的学生托付给门卫，急急忙忙循原路去找石俊辉。

他一路叫着石俊辉的名字，像农夫寻觅一只迷途的羔羊。情急中他猛然醒悟过来，他一路小跑奔进了植物园，朝着"飞车走壁"那个筒形的建筑大步流星。

他果然看见了石俊辉，他的叫喊声再度响起，可他的学生似乎成了一个聋子，他看见那个倔强的小男孩在检票处扬了扬票根，随即消失在一个犄角里。

黄老师在售票处买了门票，匆忙赶进场内。"飞车走壁"真是一个吸引人的节目，他被眼前喧闹的人群弄得茫然无措，他朝最前排走去，回过身来仔细环视周围，他没找到石俊辉。

石俊辉其实就在距离黄老师不远的地方，只是他猫下腰蹲着。他本来就身材矮小，再一躲，黄老师自然就难以发现他了。

这样的情形维持了半个多小时，黄老师始终没能找到石俊辉。而石俊辉就一直那么蹲着，后来脚麻了，干脆一屁股坐在了地上。他脸上有种目的性很强的执着，他在等待着什么，他的小手攥得很紧。

黄老师终于产生疲惫之感，他把身体搁在围栏上，时不时瞄一眼四处。节目是轮番表演，杂技团配备了几组演员，同样的节目由不同的人上阵，正如那个树林前的中年人说的，那个小胡子是其中一员。黄老师看见了他，他仍穿着那件红 T 恤，虽然戴了头盔，但醒目的八字胡篡改不了他的面目。他骑上摩托车，双手旋动把手，他的手腕上戴着那只手表，使黄老师心念一动。他抬起了头，他果然看见了石俊辉。他就在斜对面的围栏旁。黄老师看见他的学生直愣愣地盯着筒底，连他走过去都没知觉。黄老师感到小男孩在沉默中发抖，他终于发现小男孩手中握着一块坚硬的石头，他本能地一步上前夺下了它，他快捷的出手使石俊辉毫无防备，小男孩猛地转过了头。

跟老师回去吧，走，我们一起去报案。黄老师说。

可石俊辉纹丝不动，双手死死地握住围栏。

小胡子的摩托车发动了起来，它飞上了筒壁，如同疾风上下穿梭。石俊辉的泪水慢慢下来了，模糊中他看见了那块爸爸的手表，它像一块亮斑闪烁生辉，散发着摄人心魄的光泽。

人群突然掀起了一片惊呼，黄老师没料到可怜的小男孩会把自己变成一块会飞的石头。

写于 1998 年 8 月 7 日

正午

# 1

严小晚和陈明穿行在熙来攘往的人流中。集市很大，如果每个摊位都站一下，恐怕要花上整整一天。不过两个年轻人有的是时间，虽然他们口袋里没多少钱，但他们有的是时间。所以他们和那些行色匆匆的人不一样，始终保持着散步的姿态。

严小晚牛仔裤上挎了个港式腰包，是他刚才买的。他一直想要一只这样的包，虽然放不了什么东西，可他觉得很帅。在此之前，他给陈明挑了一副太阳镜，镜片是墨绿色的。由于此时没有太阳，陈明不能把它架在鼻梁上，不过她没浪费它的装饰作用，戴到头上去了。

陈明裸露的手臂勾着严小晚，男友则挽着她的腰，两人一路走来。

这样的集市每年都有一次，在新村的马路上搭起竹质摊位，见缝插针，直到围成环绕新村的长龙。在展销会期间，汽车需要改道行驶。这个活动大致持续一个星期，设摊的以个体户和不景气的商家厂家为多。购物者踊跃，平日难以推销掉的货物像发牌一样被卖掉了，原因是特别便宜。

严小晚和陈明一早就出现在集市上。他们的本意并不是购物，而是陈明要来吃各色小点。陈明饭量很小，但吃起零食、冷饮和那些乱七八糟的点心来却食量惊人。严小晚是个爱静不爱动的人，如果不是因为陈明，他不会一个人来逛展销会。

这对年轻恋人两天前曾有过一次争吵，闹得差点分手。陈明先是埋怨严小晚，然后扑上来一口咬住他手腕，痛得严小晚杀猪一样叫起来。情急之中，他抓住了陈明的头发，死命一拽，陈明张开了嘴，一圈完整的齿痕已深深留在他皮肉里。

严小晚重重地推了陈明一下，对着发懵的女友吼道，你发什么疯。

陈明抱头痛哭道，你这个不负责任的流氓。

谁说我不负责任啦。

你快活的时候死皮赖脸，出了事就想不管啦。

我没说不管，事情还没搞清楚呢，你应该先去医院查一查。

我知道的，已经超过三天了。我不去查。我不想被确诊。

那你让我怎么办？

我不知道，你把我吓死了。

那你让我怎么办。

你把我吓死了，你这个流氓。

陈明从严小晚家里走后，一直没消息。严小晚有点心

166

虚，打了个电话去刺探。陈明说，我去过医院了。

严小晚紧张地问，医生怎么说。

陈明说，确诊了。

严小晚心往下一沉，说，确诊什么？

陈明说，恭喜你，要当爸爸了。

严小晚的脸一下子灰了，说，你不要吓我。

陈明说，你吓什么，还不是我们女人吃苦头。

严小晚说，你现在准备怎么办？

陈明说，这话应该我问你。

严小晚说，让我想想，你在家里等我，我这就来。

陈明说，你来干什么，来了就能解决问题？

严小晚说，都什么时候了，还那么多废话，你别走开，我这就来。

严小晚找到了陈明，陈明家就在开办展销会的新村里。她看见严小晚推门进来，赶忙用双手抵住。其实门是她自己开的，严小晚使了一下劲便进了屋，压低语调说，家里有人么？

我不是人嘛。

你爸妈呢？

找你去了，他们要杀了你。

真的？

你也有害怕的时候？

严小晚看看陈明的表情，知道她在说谎，他松了口气说，我被你弄得都成惊弓之鸟了。

活该。

东西拿来给我看看。

什么东西？

医院的报告。

我撕了。

你怎么把它撕了呢？

留着它干什么？看着就心烦。我要出去了，你走吧。

你到哪儿去？

你这人烦不烦啊，我要去女浴室。你去不去？

陈明家楼下就是集市，严小晚跟在后面，紧紧跟着陈明，生怕她在人流中忽然消失。

终于他看见陈明在一个饮食摊点前放缓了脚步。他这时想起要吸一支烟，当他口中叼着香烟走到陈明跟前时，陈明已坐了下来。餐桌上鸡鸭血汤、油豆腐、粉丝汤、罗宋汤、黄鱼咸菜汤一字排开，她正吃得津津有味。严小晚在她对面坐下来，怎么只喝汤？

陈明说，关你什么事。继续低下头喝汤。

严小晚像审视一只造型古怪的钟一样，一直等到陈明把汤喝完。

饱了。陈明站起来，用舌头舔舔嘴唇，陪我逛逛集市吧。她对严小晚说。

你怎么像没事一样？严小晚问。

陈明一声不吭地径自往前走，严小晚心里七上八下，慢慢跟在女友身后。

一会儿陈明在一个眼镜摊前驻足，让摊主拿出几种太阳眼镜试戴，她最终选择了一副墨绿色的圆形太阳镜，架在额头之上。对严小晚说，付钱吧。

严小晚问，多少钱？

摊主说，十五块。

十块。

十二块。

成交。严小晚付完钱，陈明已走到另一个摊头去了。

你不是想要这样一个腰包吗？这个颜色样子都不错，买一个吧。陈明对走到身边的男友说。

严小明就买了一个腰包，挎在腰间。又去问陈明，你到底去没去过医院，你快要把我给急死了。

我就是要让你急死。

你为什么非要让我急死呢。严小晚问。

男人都不负责任，得给你一个教训。陈明说。

你是不是来了？严小晚问。

什么来了？陈明反问。

你那个。严小晚说。

谁说的？我怎么不知道。陈明说。

我看你好像一点心思都没有。

我们把孩子生下来好么？陈明裸露的手臂伸过来，勾住了严小晚的手臂。

你疯啦。严小晚摆脱了陈明，吃惊地望着她。

为什么不？陈明再次勾住了男友的手臂。

严小晚用手摸摸陈明的额角，你怎么说胡话呀。

陈明将严小晚的手放在自己的腰上，嘴巴凑到男友的耳朵旁，轻声细语地说，我发现你这个人特别没意思。

严小晚说，你这话什么意思。

陈明说，没什么，哄你玩呢。

严小晚说，我一点儿也不觉得好玩。

两个年轻人不再说话，在集市中游荡。偶尔有人朝他们丢过来一眼，这对无所事事的恋人就熟视无睹地走开了。

## 2

十一点钟左右，郦东宝也来到了集市上。肩上坐着一个两三岁的小女孩，两条小腿又白又胖，悬挂在他的胸前，那是他女儿嘟嘟。这会儿，嘟嘟特别高兴，因为她爸爸给她买了一只塑料榔头，她一边朝郦东宝头上砸着玩，一边咯咯咯笑个不停。

塑料榔头砸在头上虽说不上疼，头皮却有点发麻。郦东宝在女儿腿上拍了一下以示警告，嘟嘟正在兴头上，非但没停下来，反而变本加厉加快了频率。郦东宝双手将女儿托高，使她离开头颈，然后慢慢放在地上，没收了女儿的武器。丧失了敲打权的嘟嘟不高兴了，像鱼儿那样翕动嘴唇，委屈地哭了出来。

郦东宝矮下身去牵女儿的手，被嘟嘟挣脱了。郦东宝看着女儿摇摇晃晃地朝人群中走去。她太矮小了，郦东宝怕她被疏忽的人们一脚踩坏，一个箭步上前，拦腰将女儿抱起。嘟嘟四肢乱动，奋力反抗，郦东宝只好将塑料榔头还给她，嘟嘟立刻雨过天晴，脸庞舒展开，笑了。她挥起手，对着她爸爸的面门就是一下，郦东宝鼻子一酸，泪花刹那间噙满了眼眶。

旁边是一辆空黄鱼车。郦东宝将女儿放在车翼上。再次没收了她的武器。他抹了一下眼睛，把泪水抹在袖子上，责问女儿，爸爸可以么？

嘟嘟看着郦东宝铁青的脸，再次哭了起来。这次的哭和方才不一样，方才那是撒娇的哭。现在这个是受了惊吓的哭。哭的造型也不一样，惊吓之哭比起撒娇之哭脸部肌肉调动得更充分，嘴的篇幅也更大。

郦东宝并不就此罢休，他还是要让女儿回答他的问题。

你说，爸爸是可以打的么？他问。

其实郦东宝对眼下自己的表现并不满意，但出于一种教育的考虑，他还是要拿出父亲的威严来。显然，对于郦东宝虎视眈眈的脸，嘟嘟感到非常陌生。可怜的小女孩忽然发现爸爸变成了另一个人，所以她暂时停下了哭，疑惑而恐惧地看着眼前这个大人。短促的注视过去后，她开始了再一轮哭泣，郦东宝看见女儿的脸渐渐消失了，剩下的是无边无际的眼泪和口水。

郦东宝将女儿抱了起来，这一回嘟嘟没再挣扎，而是将头耷在父亲的肩上大口大口地抽泣。郦东宝注意到边上有人在用目光责怪自己。他想自己也许有点过了头。他冲那人歉意地笑了笑，他其实完全没必要笑，况且是歉意地笑。郦东宝轻轻拍着女儿的背脊，加快脚步走开了。

郦东宝再次放慢步伐是在一个盲眼乞丐跟前，女儿的抽泣仍在延续。他从口袋里掏出一枚硬币，这个动作出于一种惯性，证明他具有一份同情心。

他将硬币丢在乞丐的破碗里。这时他下意识地把头转向左边的一个女人，她手里也攥着一枚硬币。郦东宝张了下嘴，看得出他有点吃惊。那女人瘦瘦长长的，脸廓精致而丰润，一头乌发束了起来，神态同样充满了惊讶，以至于硬币也没能丢准，在那只破碗边磕了一下，蹦开了。

他们立刻恢复了常态，女人用手撩了撩鬓角的发丝，她听见郦东宝说，任嫣，怎么这么巧？

任嫣笑了一下，说，时光真快，有四年了吧。

"四年？是的，差不多有四年了。"郦东宝说。其实对他来说，这样的邂逅总有一天会出现在身旁，因为他和任嫣住在同一个街区。漫漫人生，他们不可能连一次偶遇都没有。相反，今天的见面更像是一次迟到的约定。四年了，竟然过去了一千多个日日夜夜。郦东宝注视着任嫣，她依然那么漂亮，却显得十分陌生，像一个闯入梦境中的虚构人物。

是你的女儿么？几岁了？任嫣看着嘟嘟说。

再过几个月就满三岁了。郦东宝说。

不知何时，嘟嘟停止了哭泣，把头抬起来。她眼圈有点红肿，不妨碍她是小小的美人。她好奇地看着任嫣，表情非常认真。

你叫什么名字？任嫣问。

我叫郦嫣，大家都叫我嘟嘟。

任嫣看了眼郦东宝，郦东宝避开了眼锋，虽然这是仓促的一瞥，却可以看出郦东宝的心虚。

一辆小型货车开了过来，将过往的人朝两边劈开。任嫣和郦东宝同样旁开一步，站到上街沿上去了。

你现在好么？郦东宝收回了眼锋，看着任嫣。

我结婚了。任嫣朝嘟嘟伸出了手，来，阿姨抱。

嘟嘟忸怩了一下。

郦东宝说，小家伙怕生，不爱让人抱。

话音刚落，嘟嘟却将两条手臂展开，作出向外扑的姿势。任嫣将她抱了过来，朝郦东宝看了一眼，看来我和嘟嘟有缘。

郦东宝再次慌乱地将眼锋避开，他尴尬地笑了笑，你还是和从前一样有小孩缘。

任嫣说，我现在不教书了。

郦东宝说，我听李辉说你当上了导游。

任嫣说，这两年我跑了不少地方，世界真大。

郦东宝说，我们找个地方坐坐吧。

任嫣摇了摇头，说，我还有事，该走了。

郦东宝说，你结婚的那天我也在场，新郎很不错。

任嫣看了一眼郦东宝。

郦东宝说，你能幸福我很高兴。

任嫣笑了一下，没有言语。

郦东宝说，这句话从我嘴巴里说出来，真虚伪。

任嫣苦涩的笑容一晃即逝，我先走了。

郦东宝说，也许一别又是四年，就不能再多站一会儿？

任嫣说，我要赶回去给女儿喂奶。她一边说一边将嘟嘟送到郦东宝怀中。

郦东宝将女儿举起来，让她双腿分开坐在肩上，他吃惊地问，你有了一个女儿？

任嫣摇了摇头，不，我还是不能生育，上个月我和我先生领了个女婴，只有几个月大。

郦东宝说，其实当初我们也可以这样做，可我太自私了。

任嫣说，如果当初我们不离婚，你怎么会有这么漂亮的女儿呢。

郦东宝说，在这件事上我自私到了极点，一直不能原谅自己。你能原谅我么？

任嫣说，你自己都不能原谅自己，我怎么原谅你呢？

郦东宝叹了口气说，我居然乞求你原谅，真是愚蠢。

任嫣说，我不原谅你，也不恨你，要知道你想要一个孩子的要求并不过分。时间不早了，我真的该走了。

任嫣转身离去，她的身影在郦东宝看来那么模糊。他慢慢抬起了手，眼明手快的嘟嘟一把抓住了塑料榔头。郦东宝知道女儿重新高兴起来了，因为他的头皮又开始了一下接着一下的发麻。那个熟悉而生疏的背影正慢慢被人流吞没，如同一个消逝的梦境。

## 3

太阳升高了，悬挂在空中，一动不动。瞎子阿财感到炎热朝自己扑过来。他朝里缩了缩，身体靠在墙上，那里的阴影使他觉得舒服一些。他咳了咳，吐出一口痰，痰的颜色带点绿。虽然他看不见这口不健康的痰，但路人看他捂住胸口的痛苦样子，相信他一定意识到自己生了重病。

瞎子阿财不像别的乞丐那样，口中念念有词。他只是静静地坐在那儿，沉默得像一个树桩。只有在听到硬币丢进破碗的叮当声时，他才欠一下身，却仍然不说话。他收入不是很好，整整一个上午，大约只得到二十多块钱。当然对他来说，这已是一笔不小的收入。但相比今天的人流，这些硬币和纸钞实在是算不了什么。瞎子阿财不是一个合格的乞丐，瞎子阿财自己也明白这一点。一个人连乞丐都做不来，还能干什么呢？瞎子阿财早就把自己看成一个废物，所以对自己的病痛非但没有恐惧，相反还有点幸灾乐祸。"瞎子阿财这个废物终于可以死掉了。"他的嘴边忽然露出了一个生动的微笑。

一个人走到他跟前，喂，你还没吃午饭吧，给你一盒盒饭要不要？

瞎子阿财点了点头，把双手伸了出来，他感到掌心上有了一只温暖的盒子。他捧过来，嗅了嗅。鼻子告诉他，里面是香喷喷的米饭和猪肉，他有半个月没吃肉了，口水一下子从舌下涌出来。他咽了一下，抬头对那个人说，谢谢你。

那个人说，谢什么，这饭你不是白吃的，你得花钱买。

瞎子阿财的手颤了一下，要买么？我是个要饭花子。

因为你是要饭花子，便宜点卖给你。那个人说。

多少钱？瞎子阿财又去闻了闻那块猪肉。

卖给别人五块钱，卖给你三块钱。怎么样？

那人话音刚落，瞎子阿财用手抓起那块猪肉塞到嘴巴里去了。

那个人说，你吃了，我自己拿钱了。

瞎子阿财含含糊糊地说，我拿给你，我自己拿给你。

那个人的手比他快。瞎子阿财拿起那只破碗的时候，大声叫了起来，你怎么都拿走了？你说好三块的，可你拿走了我所有的钱。

这时候，瞎子阿财听到一个小伙子的吼叫，你给我站住。

瞎子阿财心里一热，他知道有人出来打抱不平了。他没想到会有人站出来为一个乞丐说话，委屈和感动使他鼻子发酸。如果有泪腺，他的眼泪一定会飞快地流出来。

瞎子阿财知道在距离他五六步远的地方，有两个人撕扭在了一起，并且四边开始有人聚拢。

他听到了一个年轻姑娘的声音，我们都看见了，这个卖饭的，是个猪猡，连要饭的钱都要抢，把他送到派出所去。

究竟发生了什么事？瞎子阿财听到了一个男声在询问。

这家伙抢要饭的钱。那个小伙子说。

怎么可以这样？太不像话了。那个男声气愤地说。

爸爸，这么坏的人，用塑料榔头打他。瞎子阿财听到一个小女孩的声音。

你们想干什么，我卖饭给那个要饭的，一个愿打一个愿挨，关你们什么事？卖饭人大声说。

这家伙还抵赖，去叫警察来。旁边有人用义愤填膺的语调说。

怎么啦怎么啦？瞎子阿财听到几条粗壮的声音同时到达，发生什么事了？喂，你小子赶快松手，要不对你不客气了。

瞎子阿财听到有人低声私语，他们是一伙的，这帮人都是从山上下来的，多一事不如少一事，我们还是离开吧。

我就是不放，光天化日之下抢钱，送他上公安局，你们谁闹，谁闹一起去。那个小伙子高声断喝。

这小子，我看是不想活了。甭跟他废话，来个白刀子进红刀子出。

瞎子阿财听到了人们的惊呼，他猜想那些人手里肯定握着亮晃晃的刀子，正在一步步逼近那个小伙子。

我看你们谁敢。这是那个男声。

瞎子阿财仿佛看见两军对阵的场面，他的心提到了喉咙口。他真想冲上去说算了算了。可他知道事情到了这一步，和他本人没什么关系了。

瞎子阿财听到一个男声说，嘟嘟，你自己在这儿站一会儿。你不要动，听话。

随后，他听到了一片混乱的拳打脚踢，他的身体往后缩去，恨不得能将整个人嵌进墙壁里。

你们踩坏了我的太阳眼镜，你这个混蛋。他听到那个年轻姑娘在叫喊。

快走快走，要出人命了。瞎子阿财听见纷乱杂沓的脚步在迅速分离。

终于，警察来到了现场。瞎子阿财剧烈地咳嗽起来，他吐了一口痰。手里紧紧攥着那只已分文全无的破碗，脚边是一盒表面浸过肉汁的白饭，他的嘴巴里还有猪肉的余香。

这时他听到一声急切的呼唤，嘟嘟，我的嘟嘟，你到哪儿去了？有谁看见一个拿着塑料榔头的小女孩？请你们快点告诉我。

写于 1997 年 5 月 25 日

一个耽于幻想的少年的死

这个夏天，少年戴上了口罩，把脸遮挡起来。他的面孔因此显得很小，露出两颗忧伤的眼睛。可他愿意这样，理由是有人说他鼻子不好看。

他甚至在上课时也戴着口罩，当然这里指的是音乐课。

上音乐课的是从师范学校过来实习的一名女大学生。我们已无从考证她姓名。因为距离当下的 1996 年，事情已过去十四五年。倘若当年的女大学生还在教书，也应该是一位桃李满天下的中年教师了。但我们可以保证，她应该会偶尔想起那个被她嘲笑过鼻子不好看的少年。

在那几天里，少年常戴着口罩。当然，也有将它取下的时候，比方吃饭和运动，少年就会解除自己的伪装。

少年鼻子有点偏平，但不至于说不好看。作为五官之一，它在整张脸的布局中十分谐调。少年的脸圆圆的，皮肤白白净净的，像个日本太郎，从来没有人说他长得难看，他明明就不难看，可新来的女教师却将他的鼻子形容成一只爱冒汗的小蒜头。

年轻的女教师是在少年怀抱皮球冲进她怀里后说这句话的，她的讲义被撞落在地上，少年气喘吁吁站定，惊慌地盯着她。教室里的学生都听到了女教师的斥责，皮死了，搞得这么脏，看看你，鼻子像一只冒汗的小蒜头。

一阵哄堂大笑，在少年耳畔跃然而起。他眼圈一下子红了，恨不得有个地缝钻进去。他委屈地瞥了女教师一眼，俯身去拾那些散开的讲义，拾到一半，他将手上的簿册一扔，奔出了教室。

很快，少年脸上就多出了一只口罩。他这么做始于何种心态？为了遮丑，还是对女教师的无声抗议，后者的可能性无疑要大一些。

这天，少年的母亲觉得儿子有点恍惚，做妈妈的不由担心起来。她摸摸儿子额头，并没有发烧的迹象，但儿子的胃口明显比平时小了，而且在半夜突然虚汗涔涔地醒来。第二天她带儿子去卫生院检查了一次，大夫配了两瓶钙片，说是缺钙，缺钙会引起盗汗和食欲不振，是一种常见病，甚至算不上是什么病。少年的母亲松了口气，把儿子带回来了。

少年家坐落在近郊一个小镇的一条小河旁。他母亲在镇办方巾厂工作，父亲在外地带兵，是一个副连职的下级军官，不过最近他就要转业到地方，结束一家人的分居两地。

河岸不远处有一家电影院，少年家的一个邻居是放映员，少年要看电影就从放映室边上的小门进去。那时的电影票从一毛两分钱到两毛钱不等。与今天相比，便宜得像是捡来的。可那会儿小镇上的居民并不富裕，看场电影也是要算一算的。如果不是因为有个放电影的邻居，少年也同样不能经常出入电影院。须知，方巾厂每月给少年母亲的工资只有七块五毛钱。少年的母亲很节俭，她和部队里的丈夫商议好，一俟丈夫退役就将破旧的老房子翻盖成一幢两层小楼。所以她总是将平日的开销控制在最基本的范围。少年倘若要花钱看电影，不会轻易被批准。

来自师范学院的实习女教师上完音乐课，没返回办公室。她怀抱讲义在校园里找她的学生，后来在学校围墙上看见了像麻雀一样停栖着的少年。

女教师仰起脖子让少年下来，少年便攀到墙边的一棵树上，飞快地下了地。女教师别过身，摇了摇头，朝办公室走去。

走到办公室正欲推门而入，衣角被轻轻一扯，她目光折过去，看见了一双委屈的眼睛。少年不知从哪儿搞来一副又大又宽的口罩，把脸的大半部包住了。女教师仍一眼认出了他，淡黄色的耷拉下来的软头发和闪烁的目光是这个少年的标志。少年的装扮让她一愣，她立刻明白是怎么回事了。

在她出神的一刹那，少年扭身朝操场奔过去。她在门外迟疑着，不知怎么办好。她其实很喜欢班里的这个学生，觉得他很像自己的弟弟，她本来有个弟弟的，母亲改嫁后被带走了。她弟弟也有一头软软的淡黄色头发，耷拉在脑门子上，像霜打的秧苗。

女教师在备课桌前坐下来，暗自责备不该对少年那么凶，少年其实并未做错什么，他不过是跑进教室时不慎和自己撞了个满怀，她就当着全班同学面斥责他，还不无恶意地嘲讽了他的鼻子。

女教师知道这样一来，少年肯定要被同学们耻笑了。她等于给少年发明了一个绰号，这绰号很快就会在校园内流传，并且可能在更大的范围被别人知道，最终成为少年人格的一部分。女教师被这个联想扎了一下，她仿佛看见了少年伤心的模样，她充满内疚地闭上眼。她明白，自己已不能为少年消除影响了。没有一个同学会在这件事上听从她的劝告，当然他们可以在她面前不提那个绰号。可只要她不在场，"爱冒汗的小蒜头"就会从那些薄薄的嘴唇间破土而出。

少年用平时节省下来的一毛八分钱去买了口罩，母亲每个月只给他三毛钱零花，他一下子用掉一半还多，所想表达的只是心头的不平。他戴着口罩出现在音乐课上，目的就是要提醒年轻的女教师，好让她内疚。

少年看出来自己的目的真的达到了，女教师好似在逃避他的注视。她不再像往常那样让他站起来唱上一小段了，目光总是在他脸上匆匆掠过，少年觉得自己的抗议方式有点过了头。因为在内心深处，他明明是喜欢她的。他觉得与她渐渐疏远了，这可不是他的本意。所以在第四天，少年偷偷将口罩从脸上摘下来，放进书包夹层里去了。

当然，还有一种说法也可以成立，少年其实从一开始就原宥他的音乐老师了，他之所以戴上口罩，是因为伤害自己的是心中的偶像。

如果那天指责少年的不是音乐老师，而是别的人，都不会使他那么伤心。因为她是他情感中的一个秘密。他试图用口罩来引起女教师的注意，是要让她明白，自己多么在意她的看法。他从她躲闪的眼神中看到了心虚，这说明她也是在乎自己的。少年清楚，在她眼中，自己是个孩子，可他并没有把音乐老师当做大人。他觉得她至多像个姐姐，可他也不愿将她视如姐姐。他觉得她那么美，仪态那么动人，少年暗示自己是一个小伙子了，已经具备了幻想的资格，他明知道这是不切实际的，不切实际的憧憬就是耽于幻想。

少年摘下了口罩，相应的，女教师也恢复了对他的课间提问。她又让他站起来唱上一小段了，他们似乎又重归于好了。出人意料的是，女教师担心的事并未发生，同学们后来都没再提那个绰号。它好像从未从女教师口中说出过。这加速弥合了女教师和少年之间的隔膜，至少女教师的内疚要少了许多，这是一个很好的收场。有一天下午，女教师甚至用手去摸了摸少年的黄头发。少年就把头抬了起来，眼睛里充满了亮光，他的样子幸福极了，已经完全忘记了女教师对他的那次伤害，女教师纤细的手指在他头发间掠过，一只兔子也从少年胸中狂奔而去。

这天夜里，少年母亲听到了儿子的哭泣，她循声过去，在后院的瓜棚下看见了儿子。她把儿子领回屋里，问发生了什么事。少年除了一味地哭，什么也不愿说。他母亲后来生气了，朝他发了通脾气，不再管他了。

少年出了门，又来到瓜棚下，哭哭啼啼一副很没用的样子，后来靠墙边上睡着了。他母亲忙完别的，发现没了儿子的哭声，就又去找。少年这时已睡得很香了，她将迷迷糊糊的儿子弄到床上去。

第二天一早，少年背着书包，抓着半截油条上学去了。经过一夜，他昨晚哭红的眼眶基本恢复了常态，一切似乎像没发生过一样。少年走进校门，到教师办公室张望了一下。他从窗户中见到了音乐老师的背影，她正把一头长发梳好，用橡皮筋扎起来。少年很难过，他知道再过几天她就要离开学校了，对此他一点办法都没有。暑假即将来临了，音乐老师的见习生涯将告一段落，或许从此一别，他再也不能见着她了。少年忽然喉咙一疼，咳嗽声惊动了刚扎好头发的音乐老师。她和其他老师不约而同地别过了头，少年的目光与音乐老师接触了零点一秒，旋即逃之夭夭了。

这零点一秒的注视，令少年感到从未有过的害羞与颓丧。那一瞬间，他心灵的隐秘被揭示了。在那短促的目光交织中，他看见惊愕之情从音乐老师瞳仁中像飞鸟一般掠过。少年再也没脸面去上音乐课了，那声咳嗽从何而来，他被这个问题纠缠得头要裂开了。

一天晚上，少年又到河边的电影院去了。黄昏吃晚饭的时候，邻居家的放映员告诉他有一部新片将在今夜上映。少年从来是不疏漏一部电影的。他喜欢这种娱乐样式，由于得天独厚的条件，他成了镇上看电影最多的孩子。同时，也将他培养成班级里最会讲故事的学生。据同班同学回忆，他的作文一直名列前茅，还在市里的征文中得过奖。这表明电影给了他不少教益，也使他变得爱耽于幻想。

少年坐在简陋的椅子上，等待电影开场。电影院因年久失修，各种设施多已破旧。少年的屁股下面嘎吱作响，少年定格了一个角度，保持坐姿。椅子不响了，但他人很不舒坦。他去换了一个位置，旁边的人是他同班女同学。这名女同学早些时候还是他同桌，她有一双睫毛长长的眼睛，左边的脸笑起来有个浅浅的酒窝。少年曾很迷恋过她的笑靥，可他的这位同桌似乎并不爱答理他，而是愿意跟另一个高个子男生在一起。后来在年级升班的时候，她向老师提出换同桌，搬到高个子男生边上去了。对此少年一直耿耿于怀，觉得自尊心被这丫头给伤害了。再不主动跟她说话，心里也有点瞧不起对方。因为高个子男生的爸爸是镇长，长睫毛女生不过是个俗气的巴结者罢了，虽然她有一张带酒窝的讨人喜欢的面孔。

电影院里的邂逅纯属偶然，少年和前同桌彼此点了点头，他们都有点尴尬。好在电影开始了，周围陷入了一片黑暗，只有前方的银幕上呈现出移动的画面。少年可以体会到邻座馨香如兰的气息，他不自觉看了她一看，目光飞快地抽了回来。

在此后估摸一个半小时中发生的一切，对整个电影院中的观众来说，不啻是一场惊魂灾难，而灾难来自剧情。在20

世纪 80 年代初，对普通的中国观众而言，恐怖片的概念几乎等于零。而那一天，电影院里放映的正是一部香港厉鬼片，这就是 1949 年以后首部在大陆公映的鬼片：《画皮》

在阴森可怕的情节面前，剧场成了令人毛骨悚然的荒野，尖叫声在嘎吱作响的座椅伴奏下此起彼伏。那名睫毛长长的女生事后回忆道，当时周围的气氛异常紧张，一种难以用语言形容的紧张。她不由自主抓住了少年的手臂，对她来说，她必须要抓住某种东西，才能减缓她的恐惧。她整个人都在发抖，而整个剧场也在四面楚歌中瑟瑟发抖。

少年的手臂被女生死死抓住，他侧目看了看她。他双腿麻木了好一会儿，他动了一下，并不是为了摆脱，他同样害怕。他不是一个合格的精神保护神，却伪装出一副大无畏的姿态，直了直腰，朝周围扫一眼，保持背部的平整。

终于，影片中最骇人的厉鬼画皮的镜头出现了，女鬼对着镜子，仔细地画着眉线和唇红。少年闭上了眼睛，睫毛长长的女生一头扎进了他的怀中。少年的手掌按在女同学脊梁上。他显然有点手足无措，后来女同学缓缓离开了他的膝盖，他的手势却一动不动，随着女同学的移动僵硬在那儿。这时出现了一个意想不到的结果，少年的手掌感知到了一个半圆的存在。的确，那是少女青春的乳房。虽然少年接触到的只是它的边缘部分，却已使他心旌摇曳，那片薄薄衣料下的温暖肌肤削弱了少年的恐惧，也化解了少年对这名女同学的反感，他的背挺得更直了。

可银幕上的画面依然是恐怖的，虽然自始至终少年没有因为害怕而喊叫，但他的内心确实在颤抖，掌心和头发冒出细密的汗珠，表情呆板而无神。他不得不在特别吓人的地方闭上一会儿眼睛，在这种情况下，女同学的乳房使他转移了一部分注意力，他甚至难以察觉地将手指往内探了一点。

他心里明白女同学一定有所体察，然而她却没有丝毫的抗拒，她完全被恐惧控制住了，已经没有力量完整地呼出一口气，更不必说使身体的姿势有所改动。她实际上需要别人与自己保持身体亲密。少年的手掌此刻成了她心理上的盾牌，使她不至于被阴森恐怖的场面击倒。

电影终于结束，观众们在打开的灯光中陆续起立，那是一群面色难看的像是从集中营释放出来的难民，他们带着痉挛的表情从安全门鱼贯而出。

户外昏沉一片，街道两侧只有几盏橘黄的路灯。难以想象那些惊弓之鸟是如何走回家去的。人流缓缓散尽，消失在浓得化不开的暮色之中。

少年和女生顺路，他们走在河边的时候仍然贴得很近。女同学在分岔的丁字路口提出让少年送她一程。少年没答应也没拒绝，站在那儿迟迟疑疑。女生说，你先送我回去，我再让我爸爸送你回去。少年说，那我们走吧。

他们一起拐进了巷子，这段路比较长，沿途要经过他们就读的学校。离校门五六十米，有一截露出破绽的围墙，少年停下来朝围墙里张望了一下，他看见教师办公室的灯还亮着，就回头对女同学说，我陪你这么长一段路，你也陪我到学校去看一下吧。女同学说，学校有什么好看的？少年说，就是想去看看。

女同学说，我不想去。少年说，那我就不陪你了，你自己回去吧。女同学说，你说话不算数，说好陪我回去的。少年说，我要进去了，你看着办吧。

说着，少年弯着腰，从损坏的围墙缺口来到校园内，女同学也只好弓身跟了进来。

女同学走到少年身边，用手扯了扯少年的衣裳，你要干什么？少年朝她轻轻嘘了一下，轻点。他蹑手蹑脚地靠近那扇亮着的窗户。

女同学贴着少年的耳朵问，你究竟要做什么？她的眼睛朝办公室里面张望，但她没看到什么。少年把头歪开，调整了一个角度，朝女同学摆摆手，再次示意她不要出声。

年轻的女教师独自在办公室里，像往常一样，每隔一段时间她都要用镊子将眉毛修齐。她的眉毛细细长长，衬托出流畅的脸廓。女教师面前放着一面小小的方镜，她对着镜子专心致志地完成着她的功课。在镊子的帮助下，她将眉梢修饰得像一支小楷的笔锋一样尖细。忽然她的手腕剧烈地哆嗦了一下，她听到窗外响起了一声惨叫。她飞快地离开座位，奔过去将门打开。她看见了她的学生，那个长着一头软软的淡黄色头发的少年，仰面倒在窗下的水泥地上，身边是班里的一个女同学，抱着双臂蜷缩在墙角瑟瑟发抖。

少年瞪大了眼睛，放大的瞳孔里充满恐惧。

女教师手中的镊子跌落在地上，她永远不会知道，少年眼睛中看到的是什么。

写于 1996 年 9 月 22 日

**图书在版编目（CIP）数据**

孟加拉虎／夏商著. —上海：华东师范大学出版
社，2018
ISBN 978 - 7 - 5675 - 8215 - 6

Ⅰ.①孟… Ⅱ.①夏… Ⅲ.①短篇小说-小说集-中
国-当代 Ⅳ.①I247.7

中国版本图书馆 CIP 数据核字（2018）第 182074 号

# 孟加拉虎

著　　者　夏　商
策划编辑　王　焰
责任编辑　朱妙津
责任校对　王丽平
装帧设计　夏艺堂艺术设计＋夏周

出版发行　**华东师范大学出版社**
社　　址　上海市中山北路 3663 号　邮编 200062
网　　址　www.ecnupress.com.cn
电　　话　021 - 60821666　行政传真 021 - 62572105
客服电话　021 - 62865537　门市（邮购）电话 021 - 62869887
地　　址　上海市中山北路 3663 号华东师范大学校内先锋路口
网　　店　http://hdsdcbs.tmall.com/

印 刷 者　上海中华商务联合印刷有限公司
开　　本　889×1194　32 开
印　　张　6.25
字　　数　104 千字
版　　次　2018 年 9 月第 1 版
印　　次　2018 年 9 月第 1 次
书　　号　ISBN 978 - 7 - 5675 - 8215 - 6/I·1958
定　　价　38.00 元

出 版 人　王　焰

（如发现本版图书有印订质量问题，请寄回本社客服中心调换或电话 021 - 62865537 联系）